U0036143

魔豆

魔豆

SEA VOICE 古董店

卷六 失憶

林綠Woodsgreen 著

陰冥
小店員的資優生學姊。
吳以文
古董店小店員。
連海聲
古董店店長。

SEA VOICE 古董店

人物介紹

SEA VOICE古董店

卷六

目錄

序章、回憶

他還記得那一天，大雨滂沱。

雨水好似傾盆倒下，他仍然照常去灑掃墓園，重複著無意義的行爲，明知底下只埋了她一件薄衫，屍骨無存；明明知道，人死了，什麼也沒有了。

華杏林看他這樣，嘆息說著「早知如此，何必當初」一類的廢話，笑他都成了行屍走肉，哪有辦法報仇？不過發蠢總比發瘋來得好。

他始終不肯承認那女人狠心撒手離去，總以爲她會再回到他身邊，就像過去每一次他傷透她的心那樣。

當他來到墓地，發現昨日用來祭拜的便當盒竟一粒米也不剩，瞬間以爲她魂魄回來了，隨即自嘲一笑，用膝蓋想都知道是野狗吃的。

他打開今日特別準備的雞腿便當，蹲在墓前，合手拜了拜。這次他沒聊什麼，他已經浪費太多時間，讓那些可恨的凶手安睡太久。

「雯雯，妳少爺我，一定會爲妳討回公道。」

他起身離去，走沒幾步路，聽見身後一陣窸窣。他不動聲色，走到墓地外圍的楊樹藏身。沒多久，墓碑後爬出一個人，更正確來說，是個小孩，大概七、八歲，身上披著一塊泥濘破布，像狗一樣趴在地上，似乎餓到瘋了，徒手扒著飯菜，抓起雞腿就咬。

「你在幹嘛？」

他一出聲，那孩子立刻停止進食，一雙橄欖圓的眼睛驚恐望來。

「那是我給那女人的供品，你吃什麼吃？給我吐出來！」

孩子伏地抽搐一陣，他以爲小孩要用哭來博取大人同情，結果卻是呑下的食物哽在喉頭喘不過氣，然後癱倒在雨中，再也沒有動靜。

該死，該不會他說兩句就去了一條人命？

他向上天罵了聲，最後拋下傘，抱起這個天殺的麻煩，淋雨奔向他的住所。

他藏身的地方十里內無人煙，卻正好有個醫師在裡頭喝茶看報。

「你談情說愛回來啦……等等，你手上是什麼？」華杏林從躺椅上跳起身，快步走到他面前。

「不知道，大概是附近離家出走的小孩。」他不耐煩地扯下臉上濕透的綳帶，牆面的鏡子映照出他像怪物般的恐怖臉龐，頭皮沒有一處完好，只剩兩顆異色眼珠子沒被大火燒燬殆盡。

「噎到？」華杏林叫他把小孩翻身，過來反抱住孩子的肚子，雙臂猛力上提。那小子嘔的一聲，竟然把雞骨頭和食糜全吐到他身上。

「喂喂，弄髒我衣服了！他吃了什麼垃圾，怎麼會那麼臭！」

華杏林只是拉過孩子瘦弱的小手測量脈搏，過了一會，才鬆下緊蹙的眉頭。

「好了沒？我手很痠！」

「你九成九沒自覺，不過我必須鄭重告訴你，你今天做了一件你人生中最有意義的大事。」

「什麼？」他忙著拿毛巾擦拭身上的嘔吐物。

華杏林溫柔說道：「你救了他的命。」

他看華杏林捧起孩子昏睡的臉蛋，誇讚小孩很勇敢、很堅強，有種他從未見過的柔情，也就沒告訴醫生他就是害小朋友差點噎死的元凶。

「呼吸脈搏都穩定下來，那我回去現實世界工作了。」華杏林拎起她的醫事包，微笑向他揮揮手。

「等一下，這隻妳不帶走嗎？」他指向病床上的小鬼。

「他的來歷可能不太單純，我先去調查一二，小朋友就麻煩你照顧了，你要當個好媽媽喔！」

「開什麼玩笑！」

華杏林走後，他猶豫要不要趁小孩昏睡時把對方扔回原處，但當他決定動手，孩子就醒了，茫然的雙眼直瞅著他。

「你叫什麼名字？你爸媽呢？」

他等了許久，死小孩都不回應。難道是個白痴？

算了，他把小孩晾在一邊。拿起冷掉的便當，嫌棄地吃了起來。他這個樣子不好出去見人，總是華杏林白日多帶一份餐點給他當晚飯。他以前的生活可是餐餐美酒佳餚，吃冷飯簡直要他的命。

這讓他領悟到一個道理：難吃的東西不會因爲沒得吃就變好吃，還是很難吃！

他吃了兩口就罷食，回頭卻見那孩子目不轉睛盯著他手上的飯盒。

「喏，要吃嗎？」他舀過一口飯菜給小傻子。

那孩子張開小嘴，乖順地讓他餵食。因爲他實在無聊死了，又餵過一匙。

「慢慢吃，別吃得像乞丐。」

他不想伺候小祖宗，把飯盒和湯匙遞過去，看笨小孩不會用，又教他怎麼拿湯匙。那孩子目光從未離開過他，緊緊盯著他不放，可能誤以爲他是神明之類的存在。

練習幾次後，他終於不用看到有人吃飯像吃狗食，心裡有些得意。然而那孩子學會新技能，反倒不急著吃，用湯匙小心翼翼挖起冷飯，舉高手臂要分給他。

「不用討好我，我沒胃口，我不想吃……啊啊，你是聽得懂還是聽不懂人話？」

在死小孩堅持下，他才勉強多呑幾口米飯。

吃飽飯後，他牽著小朋友去洗澡。浴室小得可憐，他把塑膠盆放滿水，脫下小鬼身上的破布，確定是個男孩子，該有的都有。而就算這小麻煩的眼睛被洗髮精弄得刺痛，還是傻乎乎看著他。

「我不是神，這世界就算有神，也在我出生後死光了。」

小男孩聽不懂他憤世嫉俗的發言，只是睜大一雙貓似的眸子，怎麼看怎麼呆傻。他心想弱智也好，至少不像別的兒童吵鬧。

洗得差不多，他把小孩像拎貓一樣帶出水盆，用毛巾擦乾。

「小呆貓，你父母是誰？我要跟他們求償精神損失。」他喃喃問道，不認爲小朋友眞會開口回應他。

小孩似乎聽得懂「父母」這個詞語，向他微微搖頭。

他怔了下，胸口泛起不明酸澀。竟然沒有金主可以負責賠償，眞令人難過。

「今天算你好運，明天就把你扔去孤兒院。你睡沙發，床是大爺我的。」

他動手把小男孩推到沙發前，小男孩不躺下，只是呆呆望著他。

「受不了！」他萬不得已，過去把男孩抱到床上，一人一邊，楚河漢界。「閉上眼，睡覺！」

他吼完小孩，自己倒是沒睡。從小就經常失眠，他慣用的「安眠藥小祕書」被炸得支離破碎後，現在更是整夜無法入睡。

失眠的人特別敏感，他不難發現小孩的異常，男孩僵直著身子，不敢闔眼，似乎在恐懼著什麼。

漫漫長夜，非常無聊，也或許是林和家曾說過床邊故事可以安撫小孩，他即興想了一個。不難發現他一開口，孩子跟著豎起雙耳。

——從前從前，有個少爺和小丫頭，和滿屋子的寶物住在一起。有一次被老夫人鎖在庫房，他們只得拿老太婆喜愛的觀音瓶當尿壺。他們就像寄居籬下的老鼠，沒有人待見。

小丫頭爲了替少爺找好吃的，像個乞丐到各屋要飯，童家的公子、袁家的公子都喜歡她的乖巧，賞了她不少點心，讓少爺很不高興，對小丫頭亂發脾氣。

少爺氣極，那是他的女人，怎麼可以對別人笑？餓死也不行。

就算過了三十年，少爺依然堅持己見。

所以男人不能靠女人養著，會失心喪志，少爺決定走出倉房，爭一口氣。這出頭一爭，才知道那個家掌權的人並沒有他以爲的厲害，原來並不是每個人都可以像他輕易攫取書中重點、人言的眞意。老皇帝說，他很好，可以爲儲君。

不過一句褒獎，少爺變得得意忘形，以爲自己不再是卑賤的私生子。但他在老皇帝眼中說穿了不過是比較漂亮的娃娃，比不上老皇帝對小丫頭的私人興致。

少爺發現老頭卑劣的意圖後，勃然大怒。開玩笑，少爺寧願讓老皇帝睡自己也不願讓小丫頭被死老頭睡，拚了小命帶小丫頭逃離那個家，飄洋過海來到小島國重新生活。

一開始日子過得並不順利，他們沒有地方落腳，食物也吃不慣，少爺常常生病，小丫頭只能徹夜不休照顧他。

少爺拉著小丫頭的手，再三警告她——我以後一定會出人頭地，妳絕對不能拋下我。

但等少爺發達後，卻恨不得拋開卑微的過去，忘了立下的誓言，對小丫頭很不好。明知床榻睡了別的女人會讓她傷心落淚，還是一犯再犯。

到了少爺第三次婚姻，小丫頭終於受不了了，衝進婚禮會場，從新娘手中粗暴搶走新郎官。

雖然爆炸聲隆隆，但他仍聽見她對林家千金的吼叫——放開他，那是我的男人！

都怪少爺疏忽了，小丫頭說到底只是個平凡女子，也想生作大家閨秀，嬌滴滴地穿上裙紗，等他捧著花束上門，明媒正娶。

他們在紅毯上奔跑著，在星月下回到他們的家。少爺在功名利祿中失憶那麼久，終於又想起小丫頭才是他人生中最重要的珍寶。

最後，少爺和小丫頭，就這麼幸福快樂地在一起了。

他說完，忍不住笑了起來，笑得聲嘶力竭，像個瘋子。

他好不容易平復心情，才發現身旁的孩子已經睡了。他很生氣，林和家每次教他的爛法子總是派得上用場。

孩子不時在睡夢中抽搐，睡得不太安穩。他輕手撫著那顆小腦袋，感覺到男孩的顫動隨著他的安撫平靜下來。

照顧小孩和想像中一樣麻煩，勞力又勞心。可是男孩安睡後，拂在他心口的呼吸卻很溫暖。

那是她死去後，他第一個入睡的夜。

一、失憶

連海聲在櫃台驚醒，他作了一個幾乎忘卻的夢，夢中內容溫馨美好不過，他卻全身發寒。

時鐘滴答，凌晨兩點四十，笨蛋店員卻還沒回來。

連海聲拿起電話，嘟嘟嘟，吳以文的手機依然無人接聽。以店長的個性，不到底線絕不向人求援，但他現在已經顧不得原則，把他所知吳以文身邊的人都從深夜裡吵醒，卻沒有人知道店員的下落，都說吳以文一放學就衝刺回店裡，說要煮大餐給老闆吃。

「臭小子、臭小子！」連海聲不停咒罵著，這時只能動用人民保母的力量，卻同是語音信箱回應他。「吳韜光，你是死了嗎？快接電話！」

連海聲撥了十來通，終於明白求人不如求己，破例在半夜打電話給單身女子。這回沒等多久，傳來一聲虛弱而清醒的「喂」，陰大小姐似乎早知道他會打這通電話。

「我問妳，醫院有沒有不明傷者的名單？」

螢幕冷光照在陰冥臉上，她面無表情地將電腦資料逐字報給連海聲。

「有，車禍，全身性骨折，顱內出血，還在急救，生死不明。」

「怎麼可能？」

「車輪下的碎布的確是一等中制服。他在私立南亞醫院，快去。」

連海聲沒有動作，只是抓緊話筒。

「我又不是醫生，去有什麼用？」

陰冥哽著聲音催促：「不要逃避，快點，說不定還能見到他最後一面！」

連海聲掛了電話，拖著虛浮的腳步回到房間，躺上床，反正死亡通知會寄到吳韜光家，不關他的事。

但他閉上眼就看見店員倒在血泊中的情景，怎麼也無法入睡。

早知道就不要手賤去撿小孩，還把人放在身邊養著，天天聽他喊著「老闆、老闆」，習慣成自然，成爲他生活的一部分。

他按著抽痛的胸口撐起身子，不知道自己還能不能再承受一次失去的痛楚。

吳以文從惡夢中驚醒。

他微微喘息，白晃的燈光映照在眼前，逐漸聚焦的雙眼面對一室白色。他躺在米黃色病床上，心電儀規律跳動著，藥水味清晰起來，一切顯示他所處位置就在醫院裡。

五個白袍人士圍著他竊竊私語，他有些耳鳴，聽不清楚他們耳語的內容，情緒更加緊繃。

「同學，你醒了，真是謝天謝地。」白袍男人微笑靠近，卻被吳以文手中淌血的點滴針嚇阻動作。

吳以文用盡全身氣力擠出一個字：「滾！」

白袍醫師判定他精神不穩，有傷人的危險性，踉蹌逃出病房，呼叫警衛過來。

吳以文跌跌撞撞下床，拖著左腳往外走，要回到溫暖的歸宿。那裡可以安心睡覺，不會半夜被裝進垃圾袋丟棄。可是不知怎地，他竟然想不起那個地方在哪裡。

「文文！」

吳以文轉過頭，看見一個高挑素衣的長髮美人搶在警衛之前往他奔來。雖然想不起是誰，但應該是比他性命還要重要的存在。

連海聲顫抖著捧住吳以文雙頰，哽了哽喉嚨才勉強擠出聲音。

「哪裡受傷？哪裡痛？」

「沒有受傷、頭……我們……回去……」吳以文雙眼瞇起，快要哭出來的樣子。

「別怕，我在這裡，沒事了。」連海聲保證道，全世界誰也不能傷他。吳以文恍惚地點點頭。

白袍醫師和護理師圍了過來，希望連海聲勸服吳以文住院觀察。連海聲看了眼陪笑的醫護人員，褪下溫情，換上冷峻的眼神。

「這又與你們何關？」

「我們是醫生，救人是我們的職責。」

連海聲冷冷打斷對方冠冕堂皇的說詞。

「南亞醫院是癌症治療中心，你們拒收傷患而鬧上媒體的消息屢見不鮮，爲什麼車禍會送到你們急診？你們圖的是什麼？」

沒人能回應連海聲凌厲的問題，直到一名戴著金邊眼鏡的男子排開警衛走來，從那身醫師白袍、白皙的臉龐到白皮鞋，全身上下，無一不白。

「袁院長！」眾人紛紛喊道，非常驚訝看到他們神龍見首不見尾的院長親自出面。

連海聲瞪著這名白袍人的頭頭，又不能把情緒表現得太明顯。他認得這人，不僅是聞名國際的醫學博士，還是他故鄉的舊識——四郡之一的袁家主子，袁思雅。

袁院長溫呑解釋道：「我明白你的疑慮，因爲是我目擊事故發生，才會聯絡我的醫院派車搶救這名少年。」

合情合理，但平陵延郡的人出現在這裡，光憑這點，連海聲就再也無法相信這醫院的任何人。

對方看出連海聲眼中的敵意，仍維持平和語調。

「我們醫院有最先進的醫療設備和優秀人員，一定能治好他。」

「不必了，文文，我們走。」

袁院長垂著一雙大眼，不疾不徐向旁人吩咐下去。

「別讓他們離開。」

警衛才往古董店主僕踏近半步，吳以文已搶先衝上前，橫腿掃開障礙，迅雷不及掩耳打散擋路的人牆，隨即回頭橫抱起連海聲，帶著店長大人拔腿逃亡。

「你幹嘛？放我下來！」連海聲懸空雙腿，嚇得往笨蛋店員大吼。

吳以文只是喃喃不止：「很重要……非常重要……」

連海聲暫時放棄治療店員當機的腦袋，對吳以文耳語囑咐。

「地下停車場，車在那裡。」

吳以文聽令，轉向撞開逃生門，用後背充當滑板，從樓梯扶手層層滑下。當他帶著散髮的店長抵達地下三樓，醫院人馬也同時從電梯奔出。

停車場唯有一台惹眼的大紅超跑，吳以文全力把連海聲護送到紅色跑車駕駛座，整個人突然脫力倒下。連海聲都快急瘋了，手腳並用地把半昏迷的吳以文拖上副座。

「別跑！」

「廢話！」連海聲踩下油門，毫不猶豫往人群撞去。其中有個警衛搏命撲上車，與店長爭奪方向盤；跑車在停車場原地打轉，連海聲腳下一個急煞，把人甩飛出去。

「你們逃不了的！」

「白痴。」連海聲亮了亮手中的中控器，就是從剛才的警衛身上抓下來的。

停車場柵門升起，紅色跑車揚長而去。

直到甩開身後的追兵，連海聲才能分神去看身旁的男孩。吳以文靠在他右臂不時抽搐，發出微弱的呻吟。

「文文。」連海聲喚了聲，再也說不出其他。

「痛……」

連海聲趕緊撥打車上的衛星電話，等了許久才響起散漫的女聲。

「華杏林，怎麼不接電話！」

「啊哈哈，抱歉抱歉，我的醫院被燒了。」

「妳說什麼？到底怎麼回事！」

「你也會擔心我呀，我好感動。你放心，我沒事。」

「誰擔心妳了！」

「你既然有力氣罵人，那你找我就是小貓咪出事了吧？」

連海聲再也掩飾不住慌亂：「他說他不舒服，他向來很能忍痛，第一次開口跟我說痛……杏林，怎麼辦？」

「大美人，你別哭啊！」

「我哪裡哭了！」

「我現在的狀況可能沒辦法幫忙，我介紹個地方給你，我想那裡的大夫應該能接受小文的『異常』。」

連海聲記下華杏林所說的地址，想再問清楚，卻只得到她模糊的叮囑。

「海聲，『他們』來了，你可要保護好小寶貝……」

電話沒了聲音，再接通卻是陌生女子的啜泣聲，自稱是杏林醫院的護理長，說華醫生傷重昏迷，她沒有親友，緊急聯絡人「雯雯」的電話也打不通。

連海聲心想，怎麼可能會通？那女人都死五年了。

「麻煩妳照顧她，我會再去看她，謝謝妳。」連海聲結束通訊，腦子一片混亂。他身邊的人接連出事，是巧合還是早有預謀？

連海聲眼前就有個活下來的人證，他支起吳以文肩膀，盯著他雙眼問話。

「以文，你好好回想，發生什麼事？」

吳以文看著憂慮的店長大人，卻說不出半個字。

「我在問你話，給我回答！」

「不知道，想不起來……」吳以文按著抽痛的腦門，神情痛苦又茫然。

「杏林她出事了，你頭再痛也要給我想清楚！」連海聲還以爲吳以文不明白事態嚴重，氣得破口大吼。

「『杏林』……是誰？」

連海聲著實怔住，吳以文再害怕華杏林也不至於把她忘了。他說「不知道」、「想不起來」，不只是車禍的案發過程，而是全部嗎？

吳以文弓身抽搐起來，不時發出乾嘔怪聲；連海聲叫他忍耐，然後全力踩下油門，直奔華杏林口中「李神醫」的所在。

連海聲從快速道路開下城鎮，來來回回在鎮上繞了三圈，才在昏暗小巷口瞥見一塊綠色陽春招牌，上頭寫著「回春中醫診所」，連醫院也不是。

車子進不了小巷，連海聲催促吳以文下車。沒想到他一下車就摔倒在地，再也忍受不住，在冰冷的柏油路面嘔出一大灘血水。

吐血的是吳以文，連海聲臉色卻跟著刷白三分。吳以文抬頭看到連海聲的反應，不顧自己傷勢，急忙向店長澄清。

「我沒有生病，會做很多事，什麼事都會做……」

連海聲看著滿地血污，不禁退開兩步。吳以文無意識往連海聲伸長手，在他染滿血的手碰觸到連海聲前，終是支撐不住，昏迷過去。

「文文！」

不管連海聲怎麼叫喚，他家最聽話的小店員都沒有回應。他不知道哪來的力氣，橫抱起吳以文，踉蹌跑向診所，像個瘋子用力敲打深鎖的鐵門。

「混蛋，快開門、開門啊！」

連海聲感覺時間無比漫長，都快急瘋了，喊到喉嚨嘶啞，終於有人出來應門。那是個睡眼惺忪的年輕男子，穿著泛黃白袍，兩手交握，感覺有些畏縮。

「你是李醫生？」

「我是……不過我想……你要找的人應該是我爺爺……都市不用更新我家……我們不打算搬遷……」年輕人囁嚅回應，連海聲沒時間陪他一起拖拉。

「少廢話，快救我的孩子！」

年輕醫師這才定睛看向吳以文，驚叫一聲，沒等連海聲發話，伸手抱過少年，直往內室診間跑去。

「爺爺，不好了，緊急狀況！」

診所內間和破爛的外觀形成強烈對比，紅木藥櫃三面環繞，與紅木地板相映成色，瓶瓶罐罐錯落其中，彩雲龍紋瓶、青花蓮紋盒，隨意擺放山茶花枝和藥材，屋中器物至少百年以上，不乏珍品。

雲石屏風後方傳來筆桿叩上筆架的輕音，徐徐走出一名青衫老者，淡然看著慌亂的孫子、昏迷的少年，與強抑情緒打量他的美人。

年輕醫師把吳以文平放在由羅漢床鋪設的病床上。老大夫什麼也沒問，挽袖執起吳以文左腕把脈。

老大夫平靜道：「脈象為動脈。」

年輕醫師伸手再確認過一回。脈搏短小有力，一息七數，動脈無誤，他困惑看著男孩，向老者猶疑探問。

「是，可他外表看來並沒有重大創傷。」

「說過多少次？你問我做什麼？你要問的是患者！」

連海聲雖然不高興他們祖孫把吳以文當成臨床教學的教材，但年輕醫生轉頭問他少年是否受到重大創傷或驚嚇，他只能耐著性子回話。

「他出車禍，頭痛還吐血。」

「啊，這樣的話恐怕要請你轉送大醫院外科。」

聽到這話，連海聲再也忍不住脾氣，整個爆發出來。

「我能送的話早就去了，還會把他帶來這間破診所嗎？你不會醫就閉上嘴！」

「那就另請高明。」

連海聲紅著眼瞪視過去，但老大夫文風不動，逼迫他認清世事並非恐嚇威脅就能解決得了。

就在這時，吳以文蜷縮起來，從咬緊的牙關吐出意識不清的單詞。

「痛……好痛……」

連海聲聽了，心口跟著抽搐不止，只能按著左胸向對方請求。

「醫生，拜託你，請你救他，我在這世上就只有這個孩子了！」

老大夫不發一語，起身走來，從腰間抽出刀片，劃過吳以文手背。連海聲心頭一驚，而年輕醫師忍不住驚呼，因爲眨眼間，吳以文手背的血痕竟完全癒合。

「爺爺，這是怎麼回事？他是人類嗎？」

老大夫喃喃：「長生不老。」

連海聲不知道爲什麼一個隱於市井的老醫生會知道人體研究中心的事，連華杏林都只知道那個見鬼機構的一點皮毛。

老大夫向年輕醫師解釋，人體受創到復元，會有一段修復期。而這男孩子擁有極強的回復力，眼下卻無法達到復元後的穩定期，他的身體一直處在「受創——修復」之間的過渡狀態。

「也就是說，有外因讓他好不了是嗎？」年輕醫師恍然大悟，「冷汗、嘔吐、心搏加速……他的病情不是因爲車禍，而是中毒嗎？」

「下手的是醫生。」老大夫鐵口直斷。

「爺爺，什麼意思？」

連海聲忍不住插嘴：「我不想知道原因，我只想知道能不能治好？」

「不知成因，怎麼可能治好？」老大夫冷冷回敬。

「他會死嗎？」連海聲必須用盡全身氣力，才問得出這句話。

「對不起、對不起，是我忽略了。我剛才大致檢查過，他暫時沒有生命危險。」年輕醫師向連海聲保證道。

連海聲鬆下緊繃的神經，隨即腿軟跪倒在地。

「啊啊，太太，妳還好嗎？」年輕醫生趕緊扶起蒼白的美人。

「我不是太太，你這個智障……」

「對不起、對不起。先生，你先坐下來休息。你的脈搏微弱，又間歇脈動，請問你是否有心疾？」

「少管我。」連海聲找了最靠近病床的花梨圈椅坐下。

年輕醫師抱來一只裝著麥芽糖串的玻璃罐，請連海聲協助療程。有些事，家屬來做總是比醫生還要令患者安心。

連海聲撕開彩色包裝紙，把糖串放到吳以文嘴邊。吳以文鼻子嗅了嗅，張嘴有一口沒一口吃著糖補充養分，不時發出「嗯嗯」細音，像在餵貓。

吳以文半睜開眼，下意識往連海聲膝頭靠去。

「清醒啦？」

吳以文迷糊喚道：「老闆……」

這聲呼喚讓連海聲強打起精神，擺出店長大人的架勢。

「笨蛋。」連海聲輕拍兩下笨頭。

「痛……」

連海聲五年來聽吳以文說過的「痛」字，都比不上他今天聽到的多。

「醫生，他頭痛，麻煩你仔細檢查。」連海聲委婉請求，年輕醫生看著美人低垂的側臉，輕輕呼了口氣。

年輕醫生過來扶起吳以文，一邊按壓他的腦袋，一邊柔聲問話。

「我叫伊生，今年剛考到中醫執照。弟弟，你叫什麼？」

吳以文怔怔看向連海聲，連海聲代為說明。

「他叫以文，吳以文。」

吳以文像台機器複述：「我是以文。」

李伊生摸上吳以文的後腦勺，頓下動作，小心翼翼抽出一根金針。

「爺爺。」李伊生把金針帶給祖父過目，老大夫隨手將金針放上白布，針尖隱隱滲出紅絲。

李伊生低聲和祖父討論病情，連海聲從他們的眉眼看出事態並不樂觀。過了一會，李伊生擠出笑容，回到吳以文面前問診。

「弟弟，有沒有好一點？」

吳以文微弱地點點頭。

「老闆，好多了。我們，回去。」

即使認識不久，李伊生看得出男孩非常依賴這個美麗的男子，他的目光只停留在伊人身上。

連海聲沒好氣地說：「回去幹嘛？我是醫生嗎？」

「我好了。」吳以文強撐起上身。

「連自己名字也記不住，你好在哪裡？」

「我叫以文，老闆取的名字……『從今以後，一起重新開始』……」吳以文恍惚說道，一雙眼皮欲開又闔，又要倒下的模樣。

連海聲伸出手，沒有擁抱，只是把吳以文攬在臂彎，吳以文這才安心閉上眼，輕輕靠在連海聲肩上，沉沉睡去。

連海聲把男孩放回床上、拉好被子，揉著那頭軟髮，反覆在手心撫著。

「請問你是他的……」

「什麼也不是。」連海聲轉過身，不見剛才安撫孩子的柔情，冷漠得近乎冷酷。

李伊生摩挲雙手，不知道該怎麼接話。

「請讓他留在我們診所觀察，我會盡全力救治他。」

「只要你治得好，多少錢都不成問題。」

連海聲起身要走，李伊生叫住他。

「他腦部可能受到損傷，即使有超乎常人的癒傷能力，但神經細胞有別於肌肉結締組織，很難再生修復，請你要有心理準備。」

連海聲認識一個醫生，從來不說好聽話，所以他心底其實很信任她。

華杏林告訴他：你不用太過悔恨，小文會好起來的。

然而，這個年輕醫生說：他可能不會好了。

連海聲實在記不清，這是他第幾次毀掉吳以文的人生？

二、永遠

連海聲去市立醫院看過華杏林，插滿管子在床上動也不動，醫護人員說出事到現在只有他來探望傷患，她似乎沒有親人，也沒有朋友。

雖然華杏林本來就是個特立獨行的大怪胎，但連海聲知道她這些年和家人疏離是爲了保守一個天大的祕密，結果什麼也沒得到，現在還被那個祕密害成這副德性。

「妳這女人，早叫妳嫁人了。」

他們之間從來沒有過情人那種關係，說朋友也少了些什麼，但他落難的時候卻是她這個弱女子無懼惡勢力出面保護他。連海聲伸手撫著華杏林蒼白的臉頰，因爲這個柔軟的碰觸，她雙脣吐出一聲溫柔的細音——

「小文……」

對了，雖然那笨蛋是他撿回來，但命是華杏林親手救的。

男孩精神完全崩潰那時候，她說，你不要的話，就留給我作實驗品吧？

每次每次，他對吳以文的心疾束手無策，她只是兩手插在醫師袍口袋，笑咪咪向他保證：「小文一定會好起來的！」

連海聲細細回憶起他們的談話，華杏林總是三句不離吳以文，不時對他調笑道：「你不能死啊，不然小文就沒有『媽媽』了！」

原來如此，藏在她那張嬉皮笑臉底下的真心是這個意思，連昏迷前也是拚上最後一口氣，請求他保護好那孩子。

「妳看我哪一次真能顧好他？妳完全判斷錯誤，真是個庸醫！」

連海聲沙啞吼道，奈何華杏林還是緊閉雙眼，沒像以前笑著提議：放輕鬆，養小孩不能急，大美人，我們再想想辦法吧？

連海聲回到古董店，無人的店鋪卻亮著光，憤怒率先從心頭複雜的情緒衝出，他用力推開琉璃門板，銅鈴大響。

「笨蛋，誰教你隨便出院的！」

不是吳以文，連海聲看見一個白髮小老頭、好像是嚴清風大法官的傢伙，凝眼至極地在櫃台前向他揮手打招呼。

「海聲，你回來了。他是夏節，之前你們見過。」嚴清風介紹身旁輪椅上清俊的青年，現任法官保鑣、前任殺人不眨眼的慶中少主。

「連先生您好。」夏節禮貌性問候一聲，眼神又回到嚴清風身上。嚴法官也不時回眸對青年微笑，真是噁心死人。

連海聲花了一會才找回說話的力氣，對兩人大吼：「嚴清風，你怎麼會在這裡！」

「因爲我擔心你啊！」

嚴法官的口氣太理所當然，害連店長的脣槍一時卡彈。

「海聲，你無親無故，碰上這種事故，沒有小文照顧你，你一個人要怎麼生活？」

「不需要你虛情假意的關懷，給我滾出去，本店不歡迎殘障人士！」

「你不要鬧彆扭，而且據我所知，范語堂常來這裡喝茶。」

「那個殘廢總統來煩我是一回事，你們又是一回事，小店不歡迎白痴！」

「我和先生會自理生活，不會給您添太多麻煩。」保鑣青年含蓄幫腔。

「對啊，夏節非常能幹。」

「謝謝先生肯定！」

法官和保鑣相視一笑，連海聲叫他們去死。

「嚴清風，不要讓我說第二次，把你和你家小白臉給我打包帶走！」

「海聲，看看你，臉色差成這樣，你一定沒有好好吃飯吃藥。」嚴清風完全忽略連海聲的口頭抗議，只是一股腦地爲美人憂慮。

「住口、閉嘴、吵死人了！這到底關你屁事！」

「小文叫我大叔，於情於理，我也算是你們店的一分子。」

「你這個推論哪裡合乎邏輯了！光是你非法侵入住宅這件事，我就可以報警把你抓去關了！」

「小文有給我備份鑰匙，說風風隨時可以來玩。」

連海聲心裡恨道：那個吃裡扒外的臭小子！

「你們，趁我還不想殺人，離開這裡，永遠不見！」

「海聲，天色也晚了，我煮晚飯給你吃吧？」嚴大叔如是說。

「啊啊！」少了行動派的店員，只有一張嘴的店長根本制止不了貴客的好意。

銅鈴清響，琉璃大門推進一名高大的男人，原本坐在輪椅上的青年立刻蹦起身，朝男人舉槍，而男人也瞬間拔出警槍。

「吳韜光！」連海聲無視對峙的槍口，走上前給吳警官揮下一拳，吳韜光沒有抵抗。

「你死去哪裡了？知不知道他出事了！」

夏節收起槍，拐著長腿坐回輪椅。嚴清風不住訝異，他先前看吳警官是多麼英姿煥發的人，好像總有用不完的精力，現在卻蓬頭垢面、雙眼黯沉、非常憔悴。

「我看過他，他在睡覺。」吳韜光隨口談起吳以文，好像小徒弟重傷不是什麼要事，他會變成流浪漢的主因不在男孩身上。

「你這個蠢人，他是失血過多昏迷！」

「總之，讓我在這裡住幾天。」

「吳警官，要留下來用飯嗎？」嚴清風問道，吳韜光點點頭。他看吳警官不說話時的一些小動作，倒是有些像小店員。

於是嚴清風推著輪椅，帶他的保鑣到廚房去，前頭就剩連海聲和吳韜光四目對望。吳韜光張開口，欲言又止，終是發出一句話。

「世相哥……」

「你個白痴，我已經換名字了。」連海聲還沒開罵，吳韜光早一步走向他，低頭靠上他左肩。

電話響起，連海聲擺脫不掉發神經的白痴警官，艱難接起櫃台邊上的轉盤電話。

「連小姐妳好，韜光在妳那裡嗎？」

電話傳來老男人的聲音，自稱市分局的分局長，也就是經常幫吳韜光擦屁股的可憐長官。聽說以前照顧過吳警官父母，所以自認倒楣看管這枚人間凶器，也很關心他的家庭狀況。

「他家裡好像出了些事，我已經幫他請好特休。韜光調來這裡沒多久，在局裡沒有交好的人，沒有人可以依靠，麻煩你照顧他。」

連海聲不想應聲，但老局長再次請求他幫忙，他才回覆「我知道了」，懶得再澄清自己是男人這件事。

「局長眞是多管閒事！」吳韜光像個小孩子咕噥一聲，混亂的情緒似乎平穩下來。

「你，給我起來，擦掉你的鼻水！」

「才沾到一點，一下就乾了！」

「我這套西裝是你這個小公務員賠得起的嗎？」

「對了，我還有以文，可以跟他一起生活！」吳韜光按住連海聲雙臂起身，自以爲想到好點子，一下子又變得精神奕奕。

連海聲眞想剖開吳警官腦子，看看裡頭裝的是什麼？他疲憊地向這個原始人類再次說明吳以文的狀況：「你的小徒弟出車禍住院。」

「怎麼會被車撞？眞是不小心！」

看吳韜光不以爲意的模樣，連海聲不明白自己看吳以文受到傷害爲什麼會那麼痛苦？心和腸胃好像絞爛在一起。

吳警官繼續叨唸自己一廂情願的未來：「我就在你這附近租個房子，三餐都叫他煮給我吃，偶爾叫他回家睡覺。他現在的房間那麼小，我找大間一點的給他好了。」

「吳韜光，醫生沒跟你說嗎？」

「我穿制服，那個軟趴趴的小醫生以爲我是查案的刑警，說以文很快就會清醒過來。他可是我徒弟，怎麼可能會有事？他也不用太早回來，我妻子國籍在南洋老家，離婚手續應該要花一段時間。」

「離什麼婚？」連海聲即便全身昏沉無力，還是從吳韜光一大串廢話找到重點。

「就離婚啊，沒什麼！」

「你不要忘了，你們夫妻是他的共同監護人，她可以爭取撫養權。」

吳韜光那種迴光返照的光采又黯淡下來，不知所措地望著連海聲。事關店員，連海聲又不能叫他死一死謝罪。

「海聲、韜光，吃飯……呃！」嚴清風穿著圍裙出來叫喚兩個男丁，卻見到吳韜光像隻棄犬靠在連海聲身上，身爲前檢察總長、看多了社會案件的嚴法官不得不向店長勸道：「海聲，人家是有家室的人。」

「給我去死。」

「哥，先吃飯。」吳韜光抹乾眼眶，拉過連海聲手臂到店後去。

「海聲，原來你比吳警官年紀還大嗎？」嚴清風好不訝異，難怪白領一直說連美人在他適婚年齡範圍內。

「矮子，閉嘴去。」

嚴清風跟在他們身後，看連海聲握著拳頭忍了又忍，最後還是伸出手，輕輕撫著吳警官的背。

「你們其實感情很好吧？」

「才沒有！」兩男異口同聲反駁。

吳韜光一屁股坐在沙發上，沒等人就拿起黑釉碗扒飯，不知道餓了多久。連海聲坐在吳警官身旁，發現自家內廳的布置被動過，蹙眉顯露不悅。

嚴清風和善解釋：「抱歉，夏節行動不方便，需要比較寬敞的動線。」

「我再說一次，我沒叫你們來，馬上可以走！」

「先生在哪，我就在哪。」夏節謙和回道。他坐在連海聲懷疑只是裝飾品的輪椅上，專心爲嚴清風布菜。嚴清風不時說著「好孩子」、「眞貼心」，像是誇讚幼兒的蠢話，而他的保鑣笑得好不開心，連海聲快被他們氣瘋了。

「我記得你，慶中的少主。幾個月前把你打得全身都是洞的犯人究竟是誰，怎麼不說出來？」吳韜光終於回復一些氣力跟旁人交流，但這個問題讓全場鴉雀無聲。

夏節淡淡地回：「只是一些私人恩怨，先生原諒他，我也原諒他。」

「姑息只會養奸，壞人全該拖去槍斃！」

「壞人會有政客壞嗎？九聯十八幫都知道，你和延世相交情匪淺。每當他陷入險境，你總會衝鋒去救他。」夏節平靜地反駁吳警官心中的正義。

連海聲筷尾撞了下瓷碗，吳韜光卻沒注意到店長的臉色，坦誠以對。

「因為他承諾替我父母討回公道。雖然許多人說他壞，但對我來說，他是我的恩人。」吳韜光低眸懷想年少時光，延世相、顏雯雯、林和家三個名義兄姊，一群有權有勢的孤子照顧他一個沒背景的孤兒。

「原來如此，我還以為是尊夫人同樣出身平陵延郡的關係。」嚴清風問了個連海聲從未注意的問題。

「我妻子好像說過和延世相是遠親什麼的，自稱是南洋那邊的公主，我以為只是女人無謂的幻想。」吳韜光看著空碗嘆息，忍不住想起內人。「你們做的飯好難吃，比不上我老婆手藝，以文好歹有八成。」

「嚴法官，你問這些做什麼？」連海聲拿筷的指節握得死白，臉上仍是不動聲色。

「我之前向你提過，司法界有兩大案子至今仍懸而未決，都和南洋世家有關。你們應該都知道延世相的命案；另一個大東亞醫學研究中心……」

吳韜光猛地搥桌，嚇得所有人停下動作。

「那間垃圾中心！」

「韜光，我知道你因為這案子被停職，心裡有怨。」

「管他停職不停職！我送那小子去的療養院就是那中心開的，孩子不見了不會通知一聲，連句抱歉也沒有！我私下查到他們虐待病童的證據，他們才被吊銷執照。什麼醫生？就是一群穿白袍的垃圾！」

「所以你為什麼要把他送去那種地方！」

「我事前又不知道！不然你人又在哪裡！」

連店長和吳警官N度大吵起來。保鑣青年倒是想起什麼，說起自己的經歷。

「大東亞醫學中心……我義父曾在那裡換過腎，只要有錢，他們就能弄到合適的器官，許多高官都在那裡動手術。」

「違法器官移植，為什麼不報警？」

面對吳警官的問話，夏節盡量不露出失禮的表情。

「我連身分證都沒有，我說的話有誰相信？」

「夏節，你有我啊！」嚴清風雙手搭上保鑣膝頭。

「先生！」夏節深情吶喊。

「別在我店裡打情罵俏。也就是說，那個醫學中心知道許多骯髒事，握有政界死老頭們的把柄。」連海聲強抑內心瘋狂的情緒，理性分析事理，把兩樁大案子串連起來。

「不過非法移植，當官的壞事幹得可多了，怎麼會怕這個？」吳韜光抓了抓額前的白髮，這和他的社會歷練相違背。

連海聲冷冷回應：「非法『活體』移植。」

嚴清風覺得連美人似乎特別焦躁，連話都懶得說，於是由經手過案件的他代爲說明案情。

「大東亞研究中心主打複製醫療，由人體細胞培養出完整的組織和器官，救助等待器官移植的可憐人。」

明眼人都知道，表面話很理想、很好聽，但實際上，中下階層的平民根本負擔不起鉅額自體研究費用；說穿了，受益者只有資訊和財富一把抓在手上的上流權貴，集結資金與最先進的醫學技術，想要達成長生不老的夢想。

「我手下深入調查，從他們離職人員供詞可知，即使投入的人才和金額數倍於別的醫學實驗室，大東亞還是面臨人體複製的共同問題：由母體細胞培養出來的器官，基因表現不正常，老化、衰竭、併發惡性腫瘤，無法通過臨床試驗，他們前期的計畫陷入瓶頸。主事者爲了掩飾失敗，或爲了什麼不得不成功的急迫原因，最後決定從法律尚未清楚定義的胚胎下手。」

「我不是學醫也不是學法律的，不太懂。」吳韜光聽得很吃力，但還是試著想弄明白到底是怎麼一回事，總覺得與自己切身相關。

連海聲不耐煩地解釋：「受刑法保護的『人』，必須爲出生後死亡前，具有生命之自然人。民法規定：『胎兒以將來非死產者爲限，視爲既已出生。』也就是說，在孩子出生前，胎兒如果因爲『種種原因』成爲死胎，他們也只是拿所謂的醫療廢棄物做實驗，並不是『殺人』，明白嗎？」

「意思是，他們謀殺胎兒？」吳韜光神情凝重。

「如果是那麼單純的惡行，事情就簡單多了。」

連海聲按住眉心，想起華杏林從她醫界同仁那裡打探到的暗黑消息，研究中心無所不用其極取得目標胎兒後，可能他們的維生設備不錯，胎兒培養至幼兒階段還算順利，存活率有九成；而幸運倖存的成體，日後也註定好爲達官顯貴殉葬的命運。

「我手下潛入過中心，親眼目睹數以百計的小孩子被當作實驗動物養大。裡面超過半數有智力障礙，每天要承受六到八次的投藥，刺激細胞活性，使其內臟增生，並且改變他們身上的免疫系統。表現不佳的活體會被淘汰，成爲對外醫療服務的『材料』。據她調查，接受過醫療服務的政府官員不計其數。」

要是大眾知道電視上道貌岸然的政商名流，所謂的「保養得宜」都是藉由殺人來存續生命，這天大的醜聞一旦揭露出來，將會震撼整個社會的道德價值。

吳韜光很是困惑：「我還是不明白……」

「這種國安層級的案子，你區區一個小警察怎麼會接觸得到？」

「不是，我只是想不通怎麼有人會爲了要活久一點去殺小孩。」

「你警察都當幾年了，怎麼還是那麼天眞？這社會光是不想生、不能養，每年婦產科和密醫墮掉的胎兒都不只這數目的百千倍。」

吳韜光突然臉色發青，碗筷也拿不穩，似乎聯想到某件事上頭。

「吳警官，你說的沒錯，正常人不會做這種喪盡天良的歹事。那些人殺小孩成性，有恃無恐，背後支持的勢力非比尋常。」

討論又回到一開始的那個名字，南洋世家，平陵延郡。

「白領最近向我提到，南洋那邊打算重啓醫學中心，希望我們修法，重新開放人體研究。」嚴清風來古董店幫忙，有部分也是想請教同是南洋出身的連海聲。

「法官大人，我想知道你的想法。」

「我嚴正拒絕。可是你家鄉似乎和我們民情不同，他們嘴上說可以商量，但完全不接受反對的答案。」

「他們祖先是落難的王公子弟，架子端得比天還高，比誰都在乎面子。」連海聲嗤笑說道，眼神藏不住對故鄉的憎惡。「他們自比爲神，聽不懂人話，直接打他們的臉比較快。」

「遺憾的是，研究中心五年前似乎因爲世家高層鬥爭而裁撤，加上延世相的命案撼動社會，在我們的人到達以前，他們已經毀去所有證據，只剩下空殼。」

連海聲知道，不是「所有」，有一個孩子，不知道是幸或不幸，竟活了下來——吳以文的存在，就是研究中心犯罪的鐵證。

「嚴清風，你那個追查人體研究中心的手下，現在人在哪裡？」

上次綁架案，嚴清風不過和連海聲提過一次，他就記在心上，對資訊有絕佳的過濾能力。在這個必須開放、與諸國送往迎來的時代，這樣的人才不只從商，也很適合從政。

「我和小遠失聯有段時間了，只知道她家裡開中醫診所，父母早逝，和祖父、弟弟一起生活，姓李，李永遠。」

吳以文醒來已是兩天後的事，李伊生耐心跟他說明目前情況：他老闆把他寄放在這裡直到康復，自己會負責照顧好他。吳以文只呆呆看著天花板，好像什麼也沒聽進去。

李伊生有些沮喪，看來患者並不信任他。

「昨天你朋友來看你，高的那個好像叫明夜，他說今天會搬過來陪你。我姊姊房間剛好空著，他可以住下陪你，這樣就不會寂寞了。」

吳以文這才有了動靜，輕輕嘆口氣，似乎不希望把好友牽扯進來。

這時，剛好到了高中放學時間，診所外響起童明夜的大嗓門，整個社區巷子都能聽見他哭墳似的告白。

「阿文，你千萬不可以死掉啊！阿人說他才不要養我！要我小夜喵喵一隻外表成熟內心稚嫩的小貓咪，怎麼活下去啊啊啊！」

吳以文挪動身子，赤足走下床，過去門口幫童明夜開門。未卜先知的他知道對方行李帶太多，進不了門。

童明夜一見吳以文活生生站起，立刻把熱水壺和籃球扔下，哭著撲抱上去。

「阿文哥哥！」

「明夜，不要哭，還有氣。」吳以文有氣無力地安慰著，童明夜聽了更難過。

「你怎麼這麼虛弱啊，這不是我認識的小文文，喵嗚啊……」

童明夜號完，不忘做人的客套，先向醫師哥哥問好，李伊生靦腆地點點頭；然後他又跑去跟正在問診的老大夫打招呼，左一聲「爺爺」右一聲「阿公」，好像是家裡遠歸回來的第三個孫子。

等童明夜喜孜孜抱著一串爺爺賞的糖回來，吳以文已經幫他收拾好行李。童明夜與其說是來照顧朋友，更像來投靠吳以文生活。

「明夜要吃什麼？」

「阿文我好餓，我要吃咖哩飯！」童明夜大字形躺下，理所當然佔去吳以文的病床，用充滿汗水的運動服在床上滾來滾去。

吳以文走向人家的廚房，爐子上正熬著藥，四周堆滿中藥材和塗塗改改的實驗藥單，不像能煮飯的地方，反倒像簡陋的實驗室。

「啊啊，我馬上來整理！」李伊生不好意思讓患者看到這團亂，手忙腳亂去抓藥壺，立刻燙得哀哀叫。

「出去。」吳以文簡短以對，李伊生不難發現他對自己的敵意。

李伊生沮喪地到診間幫祖父的忙，兩三下就把祖父氣得發火，不是因爲開錯藥、下錯針，而是他失口提起了姊姊的事。

他又垂頭喪氣回到廚房，一回來，忍不住直眨眼。才一會工夫，整個灶房煥然一新，窗邊葫蘆瓶還插上紫荊花裝點空間。

「這是你做的嗎？好厲害……」李伊生讚歎道。吳以文依然沒理他，只是埋頭把人家冰箱裡的食材切剁成碎塊，加入用魚骨熬煮的咖哩中，用陶鍋小火燜煮，濃郁的香氣讓診間的患者都騷動起來。

吳以文又從冰箱拿出一大盤冷飯，加上碎柴魚和香油，拌勻後捏成飯糰。李伊生看飯糰上有兩枚小尖角，好奇死了，問吳以文那是什麼。

「貓咪飯糰。」吳以文冷冰冰地回應。

「你喜歡貓嗎？」

「不喜歡。」吳以文寧可說謊，也不願向醫生吐露真心。

「你頭還會痛嗎？身體感覺如何？」李伊生那身白袍往吳以文靠去，逼得吳以文瞪大一雙貓眼，毛都豎起來了。

童明夜的大嗓門從診間傳來：「阿文，飯好了嗎？喵喵喵！」

「快好了，喵喵。」

「喵喵？」李伊生大受震撼，沒想到現在男孩子的交流方式會是滿滿的貓叫聲。

「你又不是貓咪，貓咪不會穿白袍！」吳以文氣呼呼說道。白袍大夫和貓咪不同國，不准喵喵叫。

「那白貓咪呢？我一直覺得白貓很像爺爺。」在李伊生印象中，祖父總是優雅地坐在廳堂品茗，轉眼又出現在院子打太極拳。

吳以文從廚房遠望診間的老大夫，從頭毛到布鞋都是白的，真的好像大白貓咪。

童明夜在床上躺了一陣，不甘寂寞，跑來廚房找小文文玩，正巧聽到他們的對話，未出聲先大笑。

「醫生哥哥，你眞不簡單，才兩天就跟上阿文的電波頻道。」

「我這樣算快嗎？」李伊生很驚訝，他還以爲自己太笨拙才會被小病人排斥。

童明夜趁吳以文忙著看火，出賣吳以文封閉的交友模式，告訴醫生哥哥：阿文跟人不好熟，但熟了就對人超好，會讓人情不自禁想要嫁給他。

「原來你是不好意思，不是討厭我。」李伊生鬆口大氣。

童明夜看吳以文重重抿住脣，快要爆發但又無法斥責一個少根筋的好人，這就是他家阿文不言說的溫柔。

「阿文對白袍醫生印象不好，不是針對你啦。我在這裡誠心誠意拜託醫生哥哥用心治療我家小文文，不要讓他英年早逝。」

「這是我的責任。」李伊生輕聲保證，吳以文默默看了他一眼。

好菜上桌，李伊生過去請祖父休息來用飯，但診間還有兩名病人等著，直到半小時後，老大夫才慢條斯理走來飯廳的紅木圓桌。出乎李伊生意料，吳以文和童明夜都沒動筷，耐著餓等祖父來開飯。

「爺爺，來來！」

「白貓阿公，吃飯。」

吳以文和童明夜雖然一靜一動，但都乖乖等著老大夫指令。

「吃吧。」老大夫一聲令下，童明夜大口扒起飯來，吳以文在旁邊給他挾魚挑刺。

「這個味道……和平常吃的不一樣。」李伊生讚歎道，老大夫默默地吃。

「阿文很會做南洋菜，我爸是南洋人，所以我很愛吃，他都會做給我吃！」童明夜忍不住炫耀他們的友誼，今後也會一輩子恩愛下去。

「小文怎麼不吃呢？」李伊生發現吳以文自己沒有吃到半粒米。

童明夜一邊嚼飯，一邊替沉默的吳以文代答：「不跟長輩同桌共食，好像是阿文給人當養子的習慣。我真不明白，小孩子不是比大人容易餓嗎？」

「你是養子？原本是哪裡人？」

吳以文冷冷瞪向李伊生，害他又嚇了一大跳。

「這位哥哥，你是不是沒什麼朋友，也沒交過女朋友？」

「你怎麼知道？」李伊生靦腆微笑，童明夜實在不忍心說他什麼。「我從小到大都跟在我姊姊旁邊，我和姊姊是雙生子，她一直很照顧我。」

老大夫擱下筷，不太高興孫子提起下落不明的孫女。

「有人。」吳以文提醒一聲，童明夜立刻抽出槍，再次把醫生哥哥嚇得吱吱叫。

吳以文出聲後五秒，診所門前傳來機車煞車聲，以及怠轉的引擎聲；機車熄火，聲音安靜下來，接著響起硬底皮靴的腳步聲，答、答，繞過前門，熟門熟路地走向後院。

黑影走向飯廳與院子相通的後門，推開紗門。戴著全罩式安全帽，黑色皮衣皮褲，一黑到底，而且童明夜絕佳的眼力注意到一點：是個身材姣好的大姊姊！

對方拿下安全帽，甩了甩大鬈馬尾，露出的清麗容貌與醫生哥哥有七成像。

「哦，有飯吃。」女子發出低沉的嗓音。

「姊姊！」李伊生激動迎上前，拉住雙生大姊的手。

「都幾歲了？還這麼黏人。」

「妳已經三個月沒回家了，我眞的好想妳。飯菜還熱著，快過來吃嘛！」

「永遠。」老大夫打斷他們姊弟相親。

「阿公。」女子淡淡回應。

「妳不是咒誓永遠都不回來？」

「老頭子，你以爲我想見到你嗎？」李永遠叫住要幫她盛飯的李伊生，雖然飯菜特別香，但她趕時間，不吃了。

「爺爺、姊姊，一家人不要這樣！」李伊生夾在兩人中間，手足無措。

「那個組織最近有動作了，我回來拿點東西，你和爺爺也小心行事。」李永遠走進房間，不一會，她又氣沖沖衝出來，不再板著酷帥的冷臉。

「誰動了我房間！誰！」李永遠拿出過去司法人員訊問的氣勢，童明夜和吳以文乖乖舉起手來，她這才把注意力放在兩名少年身上。「伊生，他們是誰！」

童明夜迫不及待跳出來自我介紹，愛運動、開朗大方、沒有不良嗜好，還反覆表示他喜歡成熟的大姊姊。

「你不是天海神槍夜少主？怎麼會在我家？」李永遠終於正眼看向童明夜，但童明夜總覺得那是警察盯著混混的眼神。

「哇哇，原來我在外界有這麼響亮的稱號啊？說來話長，姊姊不如坐下來吃頓飯、喝碗湯，咱們好好談吧！」

李伊生本來以爲姊姊不會答應，但大概童明夜的笑臉太燦爛，李永遠眞的停下離開的腳步，轉而到流理台洗淨雙手，給桌上四個碗重新添好飯。李老大夫哼了聲，還是接受了孫女的服務。

「你生病了是吧？精神還好嗎？不要強撐著。」李永遠和李伊生同坐一張長凳，對一直沒說話的吳以文關切兩句，害得童明夜又更喜歡這位姊姊三分。看起來很有個性，卻又有著細膩的心思。

吳以文仍然沒應話，李永遠認眞打量他，男孩木然的反應很像是長期處在封閉環境的習慣。

「如果我女兒還在，也和你們一樣大了。」

「女兒？看不出來姊姊是有小孩的媽媽。」童明夜雖然口頭上好不遺憾，心裡好感度卻直線飆升，世上沒有比「人母」這個屬性的女人更吸引他了。

「養女。」

「死了？」吳以文開口問道，餐桌氣氛瞬間結凍。

李永遠以爲自己的心已經和凍土一樣，沒想到雙眼還是掉得出淚。

——媽媽。

她還記得聽見那孩子第一次這麼叫她，她開心得整晚睡不著覺。她從小以爲自己不適合女性的社會角色，卻讓她撿到一個小女娃，意外成爲母親。

雖然那孩子有智力上的問題，反正正常的小孩一定受不了她急躁的性格，像這樣呆呆的剛剛好適合她。

她向那孩子保證，有她在，那些可惡的白袍人絕對不敢來欺負有媽媽的小寶貝；然而，那些人卻以極為殘忍的方式，從她手中奪走她的小呆瓜。

喪禮上來了一名白袍男子，他告訴她：那不是妳的，是「我們」的，必須收回。

她辭去檢調的工作，把全副心力用來調查那個男人的身分——平陵延郡四姓之一，醫官袁家家主，袁思雅，代號為白色的「皚」。

她恨不得讓對方嘗到同樣的痛，打探到他在國內的住家，知道他也有一個疼愛有加的掌上明珠。當她造訪那棟別緻的房子，恰好是他的女兒出來應門，一見她扭曲的面容，立刻明白她的來意，向她道歉、請求她原諒。

她沒想到，原來那個小女孩什麼都知道，才十歲大就明白自己揹負的罪孽，清麗的臉蛋上沒有一絲童稚的笑容。

小孩子失去笑容，她無法形容心頭那股絕望，好像沒有人能獲得幸福。

「姊姊。」李伊生叫著，李永遠才怔怔回過神來，臉上都是淚水。

童明夜搶先遞過手帕，李永遠瞪著手帕上的小黑貓刺繡，還是接過去用。

「姊姊，那個……」

「你不用說了，我絕不會放棄對抗那個組織。」

「不是的，我和爺爺檢查過，都覺得小文很像荳子。」

李永遠猛地起身，碗筷翻倒。她略過各種說明，一把抓起吳以文。

「你是大東亞出來的對吧？長生試驗第幾號？四郡哪家的實驗品？把你知道的，全部說出來！」

「姊姊，不要這樣。」

「快說！」

吳以文只是按著抽痛的腦袋，無力搖頭。

「拜託你，你的證詞可以為上百個被犧牲的孩子，還有我女兒平反！」

童明夜總覺得聽見一個天大的祕密，看向他家阿文；可惜吳以文完全面無表情。

「姊姊，他受到嚴重的創傷，失去記憶。」

「什麼？」

「他是我的病人，須要休養，請妳不要強迫他。」

「他現在命在旦夕，需要的是警察保護，那些瘋子絕對不會善罷甘休！」

「這個請不用擔心，我是他的貼身保鑣，我去上學的時候，天海幫眾也會派人替代我的工作。」童明夜想到什麼，「啊」了一聲，拉過吳以文私語：「你老闆拜託的。」

李永遠聽了並沒有安下心來，沉重警告她涉世未深的弟弟。

「伊生，你是想重蹈我的覆轍嗎？」

「不會的，我會保護好他。」李伊生輕聲保證道。

三、追憶

連海聲和嚴清風議事到半夜，被保鑣強行打斷，兩人才從繁複的法條和案例中清醒過來。嚴清風忍不住問一臉疲憊的古董店店長，爲什麼對人體研究如此古道心腸，大美人叫他去死一死。

連海聲並不想浪費力氣在這上頭。他從商敏口中確認大禮堂爆炸案的眞凶之後，有太多事要去處理，但他到現在還是呆坐在這間古物小舖，都是因爲賠錢貨店員的關係。

他打開房門，幾乎要癱倒下來，卻意外發現床上多了一個赤裸的男人。

「你怎麼現在才來睡……」吳警官瞇著英眸，孩子氣地埋怨著。

「吳韜光，你在這裡做什麼？」連海聲記得自己有叫白痴肌肉男去睡他笨蛋徒弟的小房間。

「廢話，我在等你啊……」

「別靠過來，你的手放在哪裡，混蛋！」

「嘖，又把你認作我老婆。」吳韜光鬆開環上連海聲纖腰的手臂，呼口長息，似乎比較清醒一些。「連海聲，我有話想跟你說。」

「你和你妻子離婚的事？」連海聲一臉不耐煩，不用腦，用頭皮想也知道。

「我一直以爲，女人會和男人結婚，是因爲看上他的人品。」

「你的愚蠢發言充分展現你完全不了解那種貪婪成性的生物。」連海聲爬上床鋪的右半側。雖然他不想和臭男人同床，但他連著數日未眠，身體實在撐不住。

沒想到他一躺下，吳韜光習慣性替他拉好被子，可見在家也是這般疼惜枕邊人。

「我一直以爲，她會和我結婚，是因爲喜歡我這個人。」

「我剛才已經清楚指出你的錯誤。我沒見過那女人，你就跑來跟我說你要奉子成婚，所以我無從置喙你看女人的眼光。」連海聲這麼說有套話的意思，吳韜光也如他所想中招，把他和妻子認識的經過交代出來。

「我那時剛從警校畢業，在機場値勤，看見她被兩個騙子纏上，救下她。她說祖上和我父輩有交情，名義上算是我的姊姊，特地從南洋來見我，沒想到一下機就遇到我。」

「從天上掉下來的美女，你都沒用大腦懷疑一下嗎？」

「我一直都是一個人，每天能吃飽飯就很好了。她爲了報答我的恩情，住下來照顧我的起居，就像作夢一樣。我們結婚到現在，已經十七年。」吳韜光幾乎沒在人前說過內心話，表達很不流暢，不過連海聲聽慣吳以文說話的斷點方式，這點障礙不算什麼。

連海聲聽到這裡，差不多確認吳韜光是被害人而不是共犯。那女人很可能早就調查過吳韜光的身家背景，看上他孤子與警察的身分，用婚姻關係成爲「吳太太」，藉以掩飾自身不可告人的祕密。

「她是我在世上最親近的人，我一直相信著她，從來沒想過她會騙我。」

「你眞蠢，這世上沒有人不說謊。」

吳韜光摀著臉說：「我發現她背著我……拿掉我們的孩子……」

連海聲一時回應不了，殺子可說是比出牆更嚴重的背叛。

「她爲什麼要這麼做？那是我們的骨肉啊，她爲什麼可以這麼狠心！」

連海聲沒說，因爲孩子會妨礙到特務的工作，吳韜光眞應該感到榮幸，因爲他可人的嬌妻很可能在組織位高權重。

延詩詩……延世司，雖然記憶有些模糊，不過老家的大皇女似乎就叫這個名字，也就是他同父異母的長姊。只要向延世妍確認一些細節，就能知道是或不是。想到高貴的公主竟然爲了對付自己，委身於一名平民小警察，眞是委屈了她。

「吳韜光，我問你，你有和你妻子說過我的事嗎？」連海聲凜凜質問，吳韜光含著淚光，呆怔以對。

「你叫我別跟人說，我沒說。」

連海聲轉念一想，問也白問，吳韜光守口如瓶也是徒然，平陵延郡派來的組織八成已經探得他的眞身。

「而且我保證過，我會保護你。你是個大爛人，但世上只有你眞正出手幫我父母抓到眞凶，我無法答謝你什麼，只能保護你。」

連海聲說不出話，這個男人不是空口白話，他每次陷入危機，包括五年前大禮堂炙熱的火海地獄，都是靠著吳韜光勇猛過人的身手突破重圍，他現在才能苟活於世。

「我已經不是政府官員，不再須要你這個小警察雞婆，你該保護的是那孩子。」

「就是說啊，沒有孩子，我還有以文！」吳韜光破涕爲笑，連海聲眞搞不懂肌肉笨蛋的思考邏輯。「我以後會全心對以文好，他應該就會叫我爸爸了！」

連海聲聽了就不爽，他家店員又不是備胎。

連海聲還有許多想要釐清的疑點，但吳韜光想到好事就忘了痛，一會就沉沉睡去，某方面依然像個長不大的孩子，難怪當不好父親。

他當初會把孩子交給吳韜光，因爲深信他爲人正直，再怎麼不濟也不會教出一個惡徒，卻沒有深思他那個風評完美的妻子藏著怎樣一副獠牙。特務通常都心理變態，吳以文在那女人手下一定受了很多苦……

連海聲制止自己再想下去，拉回切身的問題上。大禮堂爆炸案、大東亞研究中心，交集出的共同點為「平陵延郡」。兩個案子都以失敗收場，但五年來那些人仍然蟄伏在這裡，為了什麼？

床頭電話鈴響，連海聲被迫中斷思緒，全世界知道他內房電話號碼的只有兩個人，林和家那個笨蛋和店裡的笨蛋。

「喂，笨蛋。」

「老闆，有沒有吃飯？」

「多虧你雞婆，有吃。笨蛋不去睡，在幹嘛？」

「我可不可以回店裡？」

「病好之前，不可以。」

「我好了，會做很多事，什麼事都會做。」

「要跟你說幾次才懂，我不需要礙手礙腳的病人，少煩我！」

連海聲咆哮完，懊惱地想要掛電話，話筒另一端卻又低低喚了聲「老闆」，害他想放也放不下。

「我好想你……」

「說什麼傻話？」連海聲抓緊話筒，深深呼口長息。

他聽見店員把額頭叩上話筒的細音，動也不動，遠距離撒嬌。

「我不是已經重金請了小混混去陪你？好了，叫你主治醫生過來聽。」

大概是店員捨不得放手，好一會連海聲才聽見那個年輕醫師惶恐的聲音。

「連先生，你好，晚安。」

「不要被他騎到頭上去，跟他說，敢不聽話亂跑，回去就去焚化爐找咪咪的骨灰。」

「咪、咪咪？」

連海聲不想說明，只是詢問醫生病況。

李伊生如實說道：「有朋友陪他，心情還不錯，只是吃完晚飯後，他一直在電話旁轉圈圈，想要打給你又怕打擾到你。」

「不要說這些廢話！」

連海聲這一吼大概嚇到那個菜鳥醫生，電話安靜一陣子都沒有回應，而身旁的吳韜光仍然呼呼大睡。

「他生活可以自理，行動如常，程序記憶應該沒有損傷。」小醫生戰戰兢兢地回，「但我發現他無法正常計算數字，一加一都說成四。」

「這不是創傷造成的，他本來就是大笨蛋。」

「老闆。」旁邊發出小店員的嗚叫。

「啊，是這樣嗎？我明天會帶他到鄰近大醫院照頭部斷層掃瞄，詳細情況我再向太太……先生報告。」

「對不起，剛才是我口氣太衝。就像我先前說的，請務必給他最好的治療，不用擔心錢的問題。」

「是……我想冒昧請問他的家人，必要時，手術同意書……」

「今天去看他的警察是他的養父，我會叫他再過去。」

「還有一件事，平陵延郡……」

「小子，這不是你能過問的事。」連海聲冰冷以對。

「原來你知道，那麼他……」李伊生為了掌握病人狀況，仍搏命追問。

連海聲就要結束通話，電話卻在這時被男孩搶過。

「老闆。」

「文文。」連海聲制止不了剎那變得軟弱的口氣。

「每天都會乖乖等老闆的電話，老闆寂寞可以找咪咪一起睡。」

「我又不是你這笨蛋，晚安。」

「老闆晚安。」吳以文非常慎重地道別。

連海聲掛上電話，發現自己無法再思索其他，滿腦子都是與男孩相關的記憶，就算不在身邊都要礙他的事，眞是賠錢貨。

他記得撿到小孩最初半個月，就是飼主和小寵物的關係，整天玩小孩解悶。

他發現男孩語言能力不足，只會說一些簡單的單詞，像是「好」、「是」，聲音總是軟軟含在嘴裡，他矯正好幾次，口齒才清晰起來。

男孩就算學會發音，也不像一般孩子嚷嚷炫耀，只是呆呆笑著，讓他摸摸頭。

「肉丸子、木乃伊——！」白袍女醫生大叫進門，打擾一室靜謐。

「華杏林，妳可以再白目一點。」他拿開手，不想讓人看到他對孩子親密的樣子。

「超級大帥哥，我查出來了，他是那個研究中心的實驗品！」

「什麼實驗品？」

「長生計畫。」華杏林從怪笑的脣齒擠出一個詞，好像是她業界熟悉的祕密。「別瞪我，說起來，還和你老家淵源頗深，平陵延郡。」

孩子抬起頭來，開始躁動不安，華杏林注意到，想安撫孩子，小朋友卻怪叫兩聲，躲到他身後瑟瑟發抖。他和華杏林都注意到，這孩子害怕她身上的白袍。

華杏林說也難怪，在小朋友的記憶中，白袍人可是心狠手辣的大壞蛋，不知道以醫學進步的名義對他做了多少骯髒事。雖然對一個好奇心旺盛的醫療從業人員而言，不用揹負罪責的人體實驗很有吸引力，她也好想對幼小的小孩爲所欲爲。

「閉嘴死變態，也就是說，他是醫學中心的逃犯？」他把身後的笨小孩抱出來，男孩閉緊眼，緊攢著他袖口。

眞是的，原來是孤兒，難怪這麼呆。

「和你想像中懷胎十月生出來的『人』不一樣，他應該被改造過，聳動一點的說法，他可能是目前醫學極限所能創造出的『複製人』。」

「哦，那又如何？」

華杏林嫣然一笑：「我都忘了，你對異端不怎麼在意，你本身就是矛盾的集合體。」

「少廢話，他又爲什麼會在這裡？」

「你不知道嗎？那個研究中心就在掩埋場後方。」

「怎麼沒人來找？」

「因爲中心已經廢掉啦，就我所知，所有貴重儀器和上級主管在第一時間移出國外，第二時間則是全面滅證。巧的是，恰恰和你的謀殺案時間重疊。」

他無法細想，因爲身旁的男孩抖得不成人形。

「啊，更正，不是全面，還有一名活體在這裡。天啊，多麼可愛的醫學奇蹟，讓阿姨抱抱！」華杏林說完，立刻笑咪咪張開雙臂，把小朋友嚇得四處逃竄。

「妳給我離他遠點！」

「生氣了、生氣啦，你這個刀子嘴豆腐心的壞傢伙。」華杏林收回手，微笑撓著髮尾。「我跟你說個好消息，把他留著，你以後什麼器官壞了都能從他身上拿，很方便。」

他聽了一點也不高興，只是下床把笨蛋揪出來。

「蠢，這女人不會傷害你，她就是嘴賤！」他把男孩緊緊挾在臂彎，好一會才將小鬼慌亂的情緒安撫下來。

「也未必呢，我腦中已經將他內建爲實驗活體，有需要的話，我會以延續一般人類的生命爲重。」

「杏林，妳怎麼了？」他察覺到華杏林今日情緒格外高亢，和她以往死不正經的態度不太一樣。

「你知道嗎？他存在的意義，就是爲了被殺。」

孩子背對著她，所以看不到華杏林落淚的樣子。他認識她這麼多年，第一次覺得她像個女人。

只是轉眼間，華杏林又笑得自若，好像適才的眼淚只是幻覺。

「小貓咪，阿姨下次會再帶好吃的來。」

華杏林沒有久留，大概明白唯有自己那身白袍離開，男孩才能安心。

「該死！」被女醫生一鬧，他竟然忘了叫她把這塊黏皮糖送走！

男孩無助望著他，他則是無奈看著這團溫熱的生物，再次撫著孩子的軟髮，看小朋友微瞇起眼，把腦袋和身體埋進他的懷抱，行爲表現根本把他當成撒嬌的母體。

「眞是夠了，哪來的小呆貓？」

男孩雖然不懂他口中的名詞，但聽得出他親暱的口氣，仍賴在他身上磨磨蹭蹭，讓他一個廢人也顯得高大起來，忍不住說起堂皇的大話。

「放心，只要有我在，全世界沒有人能傷害你。」

連海聲不支睡去前，眞希望吳以文可以忘記這個可笑的承諾。

翌日，李伊生脫下白袍，換上夾克和牛仔褲的輕便裝扮，踩著曾祖母流傳下來的古董腳踏車，要載吳以文到鄰近醫院檢查。

聽說他曾祖母是個傳奇女子，靠著一台風雨無輟的自行車，救治縣內無數生命，連自己懷胎六甲也不休息，在幫人助產回來的路上羊水破了，就在路邊草叢生下他爺爺。

爺爺不只說過一次，他姊姊就像曾祖母；可姊姊離開了，他成了回春診所的繼承人，必須拿出濟世的氣概。

李伊生想騎順一些，可惜實在不擅長運動，只能歪歪扭扭踩著踏板，如此艱難地騎到社區路口後，吳以文猛地抓住他後腰。

「咦！」

萬能古董店店員再也看不下去，把醫生擠下車，搶過自行車龍頭，疾速衝刺。

「這樣不好吧，你是病人……」

吳以文轉頭瞪向醫生，怒吼回去：喵嘎！

李伊生尷尬坐在充當後座的置物架，感覺路人都看了過來，兩手無措地在半空揮舞。

「抱住。」吳以文命令道。

看醫生哥哥欲抱還羞的樣子，吳以文主動把他的手拉到自己腰間，安全第一。

李伊生忍不住想，他雖然有些彆扭，但實在是個溫柔的孩子。

「小文，你看，有貓。」李伊生發現路邊有小動物，想藉此拉近彼此的距離。

「哪裡！」吳以文緊急煞車。

「抱歉抱歉，我看錯了，只是舊衣服。」

吳以文深仇大恨般瞪著李伊生，始終和這個扭捏的白袍男人不對盤。

李伊生本來以爲他和小病人今天又要冷戰到底，沒想到來到醫院，原本和他保持距離的吳以文直往他身邊靠，似乎非常緊張。

「你不用怕，今天只是來檢查，不會動刀。」

吳以文還是很不安，伸手抓住醫生哥哥的衣角。

李伊生抓抓臉，可能他從小看多了生老病死，對人的感情有些遲鈍，聽病人說痛就想把病治好，不太能同理對方的心情。但和吳以文相處過後，對他特別感到憐惜。

「小文，你可以抓我的手。」

「不要。」

吳以文一口回絕，李伊生有點想哭。

就算事先網路預約掛號、依照約定時間報到，他們還是在候診區等了兩個多小時。

「好多人……」

「因爲醫療人員不足，無法消化就醫的民眾。不好意思，再等一下就好了。」

「老闆看病，都不用等。」吳以文有感而發。

「這間不是私立醫院，大家都要乖乖等。」李伊生苦笑道。雖然連海聲再三說錢不是問題，但問題是吳以文是腦傷，狀況不明，問了好幾間醫院都不敢收。

吳以文辭不達意，他想問的不是金錢特權，而是想到總是第一時間趕來救治店長大人的女魔頭醫生。到現在，他都還沒聽到華杏林半點消息，只知道他會寄住在中醫診所是華杏林的建議。

終於輪到他們，李伊生領著病人進診間。吳以文眼中的中年白袍一臉疲憊，旁邊的護理師小姐也是累壞的樣子。

「學長，這是我說的病患。」

「你說他三天前車禍？他看起來滿完好的。」中年白袍打量吳以文一會，隨手用木棒撬開吳以文的嘴巴，看見一口潔白好牙。

「晨起會頭痛，然後短時間遺忘自己的身分，可能是車禍後遺症還是其他原因。」

中年白袍確認過吳以文的病史，對藥物不過敏，核過腦血管檢查許可。

「你帶他去地下室打藥，做ＣＴ檢查。」

於是李伊生帶著吳以文到放射室。等待檢查期間，吳以文似乎不太舒服，略略靠在李伊生身上。李伊生知道，這個小病人雖然嘴上不說，但心裡一定很無助。

檢查結果出來後，中年白袍臉色沉重。

「學長，很嚴重嗎？」李伊生緊張探問。

「大致沒有明顯損傷，不過他大腦的顯影很不一致，你看，尤其顳葉色差特別大，應該是用藥的結果。大腦有ＢＢＢ機制，很可能他不久前腦部才被直接施打過藥劑。」

李伊生看向吳以文，他搖頭，表示不記得了。

「可能車禍就醫時有接受治療，可是南亞醫院不願意提供資料。」

「那間南亞，難怪了。」中年白袍喃喃道。

「學長，你有認識的人在裡面嗎？」

「唉，年輕有熱血很好，但我勸你別多管閒事，你惹不起那地方。」

回程路上，李伊生垂頭喪氣地讓吳以文載著，一邊煩惱、一邊嘆氣，等他驚覺自己那顆頭一直靠在男孩背上，已經是半個小時後的事了。

「醫生，醫生也會生病嗎？」吳以文等醫生哥哥從自己的世界清醒才發問。

「啊？會啊，醫生也是人，差別只在懂得一些病理。」

「我想去一個地方，看看。」

「你身體狀況許可的話，可以。」

吳以文調頭折返，李伊生以爲他是要回家，他卻往市鎮醫療中心騎去。

飆快的車速洩露出吳以文的心急，這趟就醫的沉悶經驗讓他明白到，他一直以來認爲理所當然的事，原來與眾不同，只屬於他和店長的幸運。過去他總是對白袍女醫生保持距離，無論她怎麼關心他都不理會，華杏林卻笑咪咪地從不計較。吳以文決定以後要克制住抗拒反應，他想要珍惜每一個值得珍惜的人。

然而，吳以文來到目的地，只見層層封鎖線，三層樓的醫院被大火燒成黑炭。

「這裡不是杏林醫院嗎？怎麼會變成這樣？」

吳以文跨過封鎖線，李伊生想叫住他，他卻一眨眼沒入建築物內。李伊生急忙跟上。

吳以文來到三樓院長辦公室，文件散落一地。雖然被燒空大半，但地上殘留的血漬清楚顯示出這裡曾發生過爭執……不，應該是單方面被毒打。

那個地方，一而再奪走他的寶物，不可原諒。

「小文？」

吳以文回眸看向氣喘吁吁追來的李伊生，按捺住就要炸開的情緒，從年輕醫師聯想起那一位白袍人，看似文弱卻有著與殺手不相上下的身手。出事那天，他想近身搶走對方的槍，反被扎上針，半身麻痺。

實力差距太大，正面對決，贏不了。

「醫生。」

「嗯？」

「不要叫。」

李伊生還沒來得及反應，就被吳以文撲倒在地，然後答答槍響響起，由遠處掃射他們所在的房間。

李伊生抖得不成人形，可他看吳以文處在槍林彈雨的危險中，雙眼卻異常地亮。

等槍聲止歇，吳以文兩手扛起庇護兩人的鐵製辦公桌，往地板重重摔去；火燒又加上槍孔凌虐的木地板再也承受不住，崩塌出大洞。吳以文抓住李伊生，跟著辦公桌一起下墜到二樓手術室。

落地那一撞，李伊生覺得自己要成了肉餅；而吳以文立刻翻身躍起，絲毫不受衝擊影響，俐落關上手術室門板。

「天啊，這到底是怎麼一回事？」李伊生平靜的人生受到前所未有的衝擊，他姊姊在外面是不是天天過這種生活？

「滅口。」吳以文重點回應。

「小文，你重傷未癒，應該避免激烈運動。」

吳以文回以冷眼，李伊生怯怯收起不實用的醫囑，他這個醫生在小病人面前始終抬不起頭。

吳以文翻箱倒櫃搜刮手術刀和各種利器，接著打開手術室備有的醫療無線電，調整頻波，向外求援。

「學姊。」

「你怎麼會知道我們的加密頻道？」陰冥質問。

「曠課太多，不能畢業。」吳以文只是發出擔憂的嘆息。雖然他也常常被數學老師唸心不在焉，但平時都有乖乖到學校找小和班長玩。

「與你何關？」

「阿姨怕妳，社會連結性過低，嫁不出去。」

「吳以文，這又與你何關？」

「阿姨說：『我眞傻，反正小文等著接收呀！』」某方面來說，很有關係。

「可惡，當我什麼了！」陰冥氣急敗壞大吼，惹來他人清靈的笑聲。她差點忘了頻道還有別人在，強力制止自己被八卦，要混蛋學弟有話快說。

「學姊，我想知道華杏林醫生的現況。」

「你都快被圍殺了，回去再跟你說。」陰冥看著電腦上紅外線顯示的人員和引擎聲波偵測，逐漸往吳以文所在的手術室逼近。

「那學姊可不可以來看我……」吳以文發出被遺棄的小動物電波。

「不要在這種時候撒嬌！」

「喵嗚……」

「他們似乎打算引爆手術室的門，預測半分鐘後被炸開。你想辦法突圍，我已經打開二樓南面的污水控制閥，你們從排水孔逃脫。」

吳以文點點頭說：「小冥，我喜歡妳。」

「不用廢話，你好自爲之。」陰冥關閉通訊。

吳以文拉過愣頭愣腦的李伊生躲在鐵櫃後方，伏地趴下。

「醫生，捂住耳朵。」

李伊生先照做才回過神，瞬間天搖地動，他被巨大的衝擊聲響給震得暫時失去聽覺。

爆炸引起的塵埃還沒消退，視線一片模糊，七、八個黑衣人蜂擁入室，李伊生感覺吳以文動了，敵方響起慘叫，原來是吳以文射出的手術刀刺穿對方的防彈背心。

「編號一〇〇一，院長命令你回院，不要重蹈覆轍。」

吳以文先確認無線電關閉，才慎重地回應對方。

「代我轉告袁醫生，我會讓他一輩子後悔莫及。」

「上，抓住他！」

吳以文本想藉著肉盾的特性強行突破，沒想到突然砰的一聲，眼前揚起一片黑，殺手扛著巨槍，從天而降。

「闇！」

「說過多少次了，別這麼叫我。」殺手咧嘴一笑。「小嘴旗下的小寶貝們，放馬過來吧，我等你們很久了！」

吳以文怔怔看著黑袍殺手，殺手搶先用重槍幫他轟出逃生通道。

「傻啦，還不快走？」

吳以文沒再猶豫，當下抓著李伊生突破重圍。隨即槍聲四起，火藥味瀰漫開來。

李伊生只能跟著吳以文東奔西逃，他們潛入陰冥說的排水孔，只是沒想到排水孔和圳溝水面有將近兩公尺的高低落差。李伊生不敢跳，結果被吳以文一腳踹下圳溝，在水中浮浮沉沉，一直到一公里外的河濱公園才被吳以文拖上岸。

「腳踏車，我會再牽回來。」吳以文扶著腳軟的醫生哥哥，可能要徒步回到診所。

「哦。你那個，他是你什麼人？」

「伯父，明夜的爸爸。」

李伊生昨天剛好聽過童明夜吹捧父親，是道上第一的金牌殺手，天啊天啊。

吳以文想了想，又說：「也是我乾爹。」

童明夜今天也一樣準時報到，來保護吳以文和蹭飯，知道他們剛從醫院檢查回來，好不扼腕。

「啊，忘了拜託伊生哥哥幫我們驗DNA。」童明夜手指來回比著吳以文和自己。

「爲什麼？」

「爲了確認一生一世的關係，這樣律人少爺就只能在一邊咬手帕了！」

李伊生不懂一等中校園偶像之間的愛恨情仇，只是委婉表示：「下次可以先申請，只是血緣鑑定費用大約一萬五。」

童明夜回頭去翻皮夾，只剩一百五。

「啊，算了，就算不是，阿文還是我的小哥哥。」

吳以文慎重地點點頭，童明夜把他抱個滿懷。

老大夫問李伊生爲什麼出門一趟身上多了那麼多瘀傷，李伊生沒說，只是抿脣看著吳以文和童明夜像兩個小孩子打鬧。他的小病人似乎不想告訴童明夜在杏林醫院發生的驚魂記，好像忘光了一樣。

吳同學終究不是機器，經過白日的激戰，倒床就睡。

童明夜抱著不醒人事的小文寶貝亂蹭一會，去冰箱開了一罐果汁當啤酒，過來和醫生哥哥談心。

「阿文以前有養一隻貓，肥嘟嘟的。」

「難怪他那麼喜歡貓。」李伊生認眞記下，希望以後用貓咪的話題打進小病人心房。

「後來貓咪死掉，阿文整個人壞掉一半。我跟律人看他每天背日曆，還說要趕回去餵貓，才知道他腦子不太正常。沒有父母已經夠辛苦了，又帶著隱疾，但阿文還是很努力撐過來，比誰都想要活下去……他怎麼就是這麼不走運？」

童明夜按著半邊臉痛哭，李伊生不知道該怎麼安慰他。

「小夜，你說過他記性很好，是好到什麼程度？」

童明夜抹乾臉，抽噎著說：「好比我們去逛街，我朋友很娘，喜歡漂亮的小東西。隨便走過去看兩眼，阿文就能記住商標和價錢，比手機還好用。」

「超憶症嗎？」李伊生喃喃道。有些人會因爲幼年傷害而選擇性失憶，知道發生過什麼，但無法回溯事件的細節；更少數會因爲重大刺激而使大腦記憶不正常活化，吳以文應該屬於後者。

「醫生，你能治好他嗎？」

強憶、失憶，李伊生腦中有一團揮之不去的迷霧，老實承認：「我不知道。」

半夜，吳以文聽見風聲，機警蹦起身，看見一襲黑色風衣垂在窗台，對上殺手幽深的眸子。

吳以文輕手輕腳掠過枕邊熟睡的童明夜，赤足來到窗邊。殺手看來比之前更虛弱，好像隨時會被寒風拂倒。

「來看明夜？」

「嗯啊。」殺手給了個曖昧不明的答案。

「餓不餓？」

「餓！」殺手燦爛笑了，笑起來跟童明夜九成像。

吳以文偷偷到廚房，用冰箱裡的剩飯做了兩顆大貓咪飯糰過來。殺手接過也不吃，看了床上的童明夜兩眼就要翻窗離開。

「乾爹。」吳以文輕聲喚道，殺手回眸。「你留在這裡，是爲了保護我？」

一個殺人如麻的男人守在廢棄工廠好幾個月，不是爲了埋伏殺人，而是因爲他。吳以文本來就不擅長表達，發現殺手不言說的祕密，久久說不出話。

「你是僅存的活證據，他們勢必要鏟除你才能重新包裝成不傷害活體的美好研究投資案。而我，要把五年前漏掉的那次給補回來。」

「不要，很危險。」吳以文拉住殺手的袖子。

「你好不容易才適應社會，何必回頭撿拾小孩的天真？你以為沒有我擋著，你還有機會回到連海聲身邊？」

吳以文看著殺手日益削瘦的臉孔，欲言又止。

「我死前想當回一次人。」殺手生澀撫著吳以文的軟髮，表情像是痞笑又像在哭泣。「我知道你恨死我了，但或許我搏命演出一次，能贏過吳韜光，說不定還能聽你再叫我一聲爸爸。」

四、家家酒

他還記得，那是間與監牢相差不遠的小屋，床一張，四周堆滿舊書。帶他回來的男人很虛弱，時睡時醒，醒來最討厭看到的東西就是鏡子。

男人說自己原本英姿颯爽、風華絕代，只是被邪惡的巫婆詛咒成這副鬼德性，等動完整容手術，就會變成大帥哥了。

他低頭看著老畫冊，又看看那張用繃帶藏起的臉。

「公主？」書上說，巫婆的目標都是高塔的美人。

「是國王。」男人冷冷反駁，繼續翻弄手中的字典，看了好一陣子都不滿意，索性扔了書，躺下去繼續睡。

他悄悄挨近男人身邊，伸手撫平男人眉間的皺摺。

「我沒生氣，而是在傷腦筋。『傷腦筋』就是得不到理想的結果而心生煩悶。取個名字怎麼這麼麻煩？『名字』就是方便別人給自己定位的東西，像這個叫『書』，那個叫『窗戶』，下面的是『床』，還有你……很熱，不要一直湊上來！」

因爲男人說睡覺的時候可以一起睡，幾乎成爲他一種動物趨性；而那只是對方在天氣冷時湊合著用的暖被方案。

「嘖，算了。」男人看他乖巧退到床角蜷著，眼睛瞇成凶惡的縫，拍了拍身邊的空位，他立刻撲上來，像隻小貓平躺，讓男人搔頭毛。「小呆貓，如果我想好我的，就順便幫你取一個吧？」

他挨著男人溫暖的掌心，一直滿心期待著屬於自己的寶物。

吳以文睜開眼，從床上蹦起身，心想要遲到了，來不及做貓貓便當。明夜喜歡肉排，律人喜歡清爽的蛋料理，班長喜歡甜食，還有老闆、老闆、老闆……但奇怪的是，四周陌生得很，不是充滿貓咪布偶的房間，而且室內光線不像早晨，是接近日暮的傍晚。

「以文同學，抱歉，吵醒你了嗎？」丁擎天杏眼大張，湊近吳以文面前，差點親上他蒼白的雙唇，趕緊倒退三寸。

「我和天姊聽說你的事，買了水果來看你。」丁御海拎起一只打了七、八個大蝴蝶結的豪華水果籃，鳳梨、西瓜和榴槤，想藉著熱帶水果驅走寒氣。

面對這對可人的小姊妹，吳以文只是輕聲說著謝謝，藏起不好看的一面。

「小冥姊姊說你被卡車輾過，又被恐怖分子追殺，你還好嗎？要不我跟哥哥借一個堂口來保護你吧？」丁擎天握住吳以文雙手，總是在無自覺狀態拉近距離，認真追求時卻老是鬧笑話。

丁御海跟著贊助：「我大哥說要把南丁整團帶來叫陣。」

「擎天、小海，我想自己解決。」

「以文同學，你一個人怎麼解決？」丁擎天好不擔心。

丁御海板著小臉，咄咄逼人：「如果是小冥姊姊在這裡，你還會說這種話嗎？」

「天海幫聯，足夠強大。」

丁家姊妹安靜下來，有些被吳以文的實話傷到心。

丁擎天深吸口氣，將吳以文的手按上自己胸口。

「如果你需要我，我也會爲你變得強大。」

吳以文還沒回應丁擎天的深情告白，診所門口突然響起高分貝的吼叫——

「通通給我讓開，妳們這對居心不軌的小蹄子！」

三人聞聲看去，只見一個穿著格子裙、黑色膝上襪的「美少女」，頭側夾著白色蝴蝶結，拎著琴盒大步向前，單手將兩個幾乎要貼到吳以文身上的女孩子掃開，自己一屁股坐到吳以文大腿上，用力宣示主權。

吳以文呆呆看著這名「少女」，少女一望向他，斂起殺氣，眨動楚楚可憐的淚眼。

「以文，我是你正牌女朋友，『律兒』啊！」

童明夜尖叫著衝進來，來不及阻止好友精神病發。

「我的小少爺，我才跟你說小文文傷到腦，你就妄想冒充阿文女人嗎？拜託，你再怎麼清秀可人，還是有雞雞啊！」

「我就是想跟他結婚，怎樣！」林律人兩手摟住吳以文脖子，死不放手。

「律人同學，你穿這樣好可愛！」丁擎天傻傻拍手，都不知道大好機會被截胡了。

「不用妳這尊花瓶多嘴，我才是實至名歸的一等中校花！以文是我的！」林律人毫不客氣地炮轟回去，女人都去死吧！

「咦咦？」丁擎天跟不上林律人的思路，當事者也依然兩眼放空，任憑林律人摟摟抱抱，就像他專屬的大布偶。

「既然阿夜哥哥來了，天姊，我們回去吧……幼稚鬼。」丁御海補充一句，聲音不大，卻保證林律人能聽見。

「哦，好。以文同學，你要快點好起來，煮飯給我們吃喔！」丁擎天夾在林律人和丁御海之間，渾然不覺王子與學妹爭奪大廚的火藥味。

丁御海回頭對林律人吐舌頭，林律人咧開白牙回擊。童明夜在一旁隔岸觀火，不得不說，高中女生真可愛，雖然其中一個不是。

等女孩們離開，吳以文才開口出聲，無奈與溫柔各半。

「律人，我沒事。」

「你每次都說沒事。」林律人噘嘴埋怨道。

吳以文把腦袋壓到林律人左肩，胡亂蹭了一通。林律人想到吳以文就是因為受了很重的傷才會在這間小診所靜養，眼眶不住泛紅，又強把淚光忍下來。

「有我林家三少爺在這裡，就不相信誰敢動你。」

「阿人，你要住下嗎？」童明夜大驚失色。

「你這傢伙厚著臉皮搬來，沒道理我住不得。」

童明夜按著額頭，不想把吳以文分出去是一回事，林律人的生活能力又是一回事。

「律人啊，你要知道阿文病了，沒有餘力照顧你。」

「廢話，我當然是來照顧以文，你以為我像你來撒嬌嗎？」林律人拿手機交代一聲，外頭陸續走進黑西裝、白領帶的林家侍從，帶來七大箱行李，還有老管家畢恭畢敬遞來一袋貼身換洗衣物。「成叔，我今晚要睡這兒。」

「是的，律人少爺，周圍已經最高戒備。」成管家向林律人欠了欠身。「以文公子、明夜公子，律人少爺就拜託你們照看了。」

「哇啊啊，成叔，您已經預見災難了對吧！不要走啊，成叔！」童明夜大喊大叫，奈何老管家仍箭步離開。

「你安靜點，快點幫我整理行李。」林律人坐在床邊雙手環胸，完全不打算動手。

「你不要以為你扮成女的我就不敢打你，好吧，我的確不敢打。你都不想想，你把借住的房間弄這麼亂，阿文身為家事小精靈一定會看不下去要收拾……啊啊，文文寶貝，快住手，你是病人啊！」

童明夜和林律人抬槓的同時，吳以文已在一旁掛起林律人的襯衫，無比賢慧。

「以文，我晚飯想吃蛋包飯，蛋不要全熟，也不可以不熟，飯要新的冷飯，番茄醬要用新鮮番茄去煮。」林律人悠哉晃著黑襪美腿，只出一張嘴。

「好。」吳以文任勞任怨。「明夜想吃什麼？」

「他不重要。」林律人嗤了一聲。

這一刻，童明夜好想蓋林律人布袋。

吃晚飯時，林律人換回男裝，把醫生哥哥嚇了好大一跳。他這個大少爺完全不跟人打招呼，好在老大夫也不把林律人的失禮放在心上，就像好久不見的金孫四號。

「以文，我要喝蛋花湯。」林律人幾乎貼在吳以文身上說話，吳以文也充當尤加利樹讓他靠，就是寵他。

「阿人，文文心肝都幫你煮了整桌蛋料理，你可不可以動一下自己的手？」

「童明夜，我要吃蒸蛋，喏，幫我舀。」

童明夜「啊啊啊」三聲後，還是屈服於大少爺的淫威。

「你們感情眞好……」李伊生勉強擠出一句大哥哥式的招呼，就被林律人截斷話。

「你是以文的主治對吧？他什麼時候能出院？」林律人一開口就咄咄逼人。

「現在是吃飯時間，不好談這個……」

「不要含糊其詞！」

「他不是急症，我需要時間觀察，才能診斷……」

「你根本把以文當作實驗動物！」

「我沒有這個意思，我也不認爲動物和人類有太大的區別，生命都須要被尊重。」李伊生低頭反駁，但因爲聲音太小，氣勢整個不如人。

「他因爲私自投藥治療腫瘤鼠兔被教授趕出研究室，博班休學。」老大夫冷不防蹦出話，似乎想挖苦孫子很久了。

「小鼠和兔子很可憐啊……」李伊生掩面說道。

雖然說有愛心很好，但在專業層面上，童明夜和林律人實在很不放心，這樣一個軟趴趴、蒟蒻似的男人，眞的能治好吳以文嗎？

吳以文伸手舀了魩仔魚蛋給醫生哥哥，李伊生怔怔看著他的小病人，對方卻又板起臉不理他。

「既然如此，我要住到以文出院爲止。」林律人宣告他的決定。

「律人親親，你要三思啊，這是一間快要資源回收的老房子喔！」童明夜不管自己也是借住者之一，當著醫生爺爺、哥哥的面嫌棄屋子。

「只要能跟以文一起生活，我什麼都無所謂！」

說是這麼說，可是當林律人吃飽飯要去洗澡，看著後院半露天的浴廁，黑漆漆的，只有一盞小燈，突然好想回家。

「嗚嗚，沒有熱水……」三分鐘後，林律人哭著從澡間跑出來。

最後還是吳以文挽袖燒水，童明夜陪著怕黑也怕鬼的林少爺一起洗。

「律人喔，你根本是來給阿文添亂的，回去啦！」

「少囉嗦！」林律人趴在浴桶邊，很委屈地給童明夜刷背。

睡前，李伊生都會熬煮緩解頭痛的藥水給吳以文喝，吳以文面不改色咕嚕嚕灌下。李伊生不難發現，有另外兩個孩子看著的時候，吳以文比較願意配合治療，好像想做出兄長的榜樣。

等醫生哥哥量過血壓、肉眼全身檢查過後，關上房門，就是三個男孩子的自由時間。

童明夜和林律人目不轉睛地看著全裸的吳以文，醫生哥哥和他不熟，但他們對他的體質可是心知肚明。

「以文，你不是吃藥無效的體質嗎？」

吳以文拉上貓咪四角褲，重新穿好針織衫，才對林律人點點頭。他們知道他傷癒神速的體質，手邊常會帶一些藥膏來蒙混大驚小怪的世人。

「明知喝了沒用，爲什麼那麼苦的藥你還喝下去？」童明夜實在受不了藥味。

「他很努力。」

「阿文，你對人實在太體貼了。」童明夜大嘆口氣。

「以文，你是不是不喜歡醫生？」林律人試探問道。

「對白袍，印象不好。」吳以文盡量不洩露過多情緒。

林律人嘶著脣說：「袁可薇她家開醫院，我可能會報考醫學系。」

「你跟女中會長不能純粹談個戀愛嗎？」童明夜一介平民，很難想像一個十六歲少年必須為了政治聯姻的最大利益決定未來志願。

「可是以文不喜歡，我還是不要當醫生好了。」這種話聽來像兒戲，但林律人說得非常認真。

「律人不拉琴？」

「我不像律因大哥那麼厲害，小提琴只是興趣。」林律人淡淡笑道。因為學琴，他成了老家主的養子、認識吳以文，佔盡各種好處。「我沒有什麼偉大的抱負，如果說有什麼心願，我希望我們三個能一輩子扮著兄弟的家家酒。」

吳以文伸手把林律人輕擁入懷，他們生活背景天差地別，但都明白世間真心難尋。

「律人，你親生老爸會不會是道上有名的殺手？」童明夜給他們小貓咪抱抱打個岔。

「這件事再提一次，我真的會讓你死。」林律人賞給童明夜一記大白眼。

「你搬過來正好可以避開你家的耳目嘛，我們一起去做血緣鑑定，你幫忙出一半費用好不好？」童明夜雙手合十請求。

「不好。」林律人一口回絕。

「明夜。」吳以文呆呆喚了聲。

「阿文，你不用出錢，真的不用幫我出錢！」童明夜滿懷期待地看著存款應該不少的古董店店員。

「我的錢，都留給你，你要跟律人好好地，過日子。」

房裡安靜三秒，然後男孩們尖叫出聲。

「不要突然交代遺言啊！」

嚴大法官致電店長大人，說今天要討論法案，沒有辦法回古董店準備晚飯，要連海聲記得吃飯，飲食要均衡，飯後也要記得用藥。講了十多分鐘還沒停，連海聲用力掛斷老人家的愛心電話。

「沒有飯吃怎麼辦？我不想吃難吃的外送。」吳韜光趴在核桃木櫃台上，百般無聊地用廢紙背面畫畫，像一頭在路邊曬太陽的大狗。他昨晚沒帶換洗衣物，身上穿著連海聲的舊衣褲，因爲身材太好，顯得有些緊繃。

「你可以滾出去啊。」連海聲已經忍受這個礙眼的純天然帥哥一整天了。

「我說了，我被強迫休假，沒有地方可以去。」吳韜光放下第六張肖像素描，每張美人圖都深蹙著眉頭。

「我思考的時候不習慣有白痴在面前晃，你可以拎一瓶酒去公園，看看有沒有婆媽會扔錢給你。」

店長大人終於恢復一點精神來羞辱人，吳警官不但不生氣，還有些開心。

「你覺得哪張比較好，我拿去給以文。」

連海聲不爽的點還有他本身不會畫畫，這個肌肉笨蛋卻在繪畫方面饒富才華。很少人知道，吳警官唸警校以前讀的是美術班。所以他每次看吳以文在房間裡開心地畫沒人看的貓咪圖畫書，就覺得那小子又被吳韜光帶壞三分。

「你去只會加重他的病情。杏林的案子查得如何？」

說起刑案，吳韜光頹廢的眸子亮起一絲精光。

「確認不是黑道，天海老頭和九聯十八幫協議不對醫療人員動手，違者幫規處分。依慣用的槍械、布局、人手來看，應該是你仇家幹的。」

吳韜光做人再失敗，好歹也當過刑事局長官，調職後只要單位有需要，仍屢屢親上火線支援。所以他要問的案子就算被政府列作機密，同仁都願意冒險給他資料。

「爆炸案當時跟你有接觸的就是我和杏林姊，不敢對我動手便選擇打女人，眞是無恥。」

連海聲也很納悶爲什麼吳韜光可以安然無事到現在。華杏林和吳韜光兩人的差異點就在於吳以文。身爲醫生的華杏林，比誰都明白大東亞研究中心的「罪證」。

「杏林姊都爲了你傷成這樣，她好起來，你就娶了她吧！」吳韜光爲了調查，看過華杏林的傷勢，他沒有留太久，在醫院總會想起當年傷重不治的雙親。

「她這次不是爲了我，是要保護以文。」

「爲什麼？她跟那小子又沒關係。」

「杏林沒有孩子。」

簡單的說明，就算再智障的男人也該明白，但連海聲當初就是沒想清楚這點，固執地以爲一個家就該有美滿的雙親，才會選了吳韜光。早知道華杏林那女人會爲了那笨蛋連命都不要，就該把孩子留給她。

連海聲雙手按著額心，現在說這些都太遲了。

銅鈴清響，古董店來了美少女。陰冥拎著筆記型電腦，及腰的長髮綁成高馬尾，穿著連身純白長毛衣，玲瓏的曲線一覽無遺。

「現在女孩子發育得可眞好。」吳韜光正大光明審視完畢，坦蕩地發表感想。

連海聲第一次見到陰冥時，她畫著赴宴的濃妝；這回她素顏造訪，反而更有女人的韻味。但這女孩子看起來再美好，都抵不過她父親所代表的醜惡。

「喲，袁家大小姐大駕光臨，眞是令小店蓬蓽生輝。」

陰冥聽見連海聲拿她父姓嘲諷，略略挑起眉。

「不好意思，我並沒有改姓的打算。」

「如果我沒記錯，妳父親是鼎鼎大名的袁思雅博士。我本來以爲妳是私生女才會從母姓，但看天海老頭一直沒讓妳母親改嫁，以及他在公開場合提及妳流露出來的眞情，我推論妳應當是合法的婚生子女，享有繼承權。」

陰冥知道母親和父親私下協議，不公開表示她的存在。但某次國際公開演講的場合，台下記者詢問袁醫生是否有孩子，原本像機械一樣理智冰冷的父親，竟在人前露出溫煦的笑容。

——是的，我有一個女兒，她就像珍珠那般無瑕、美麗。

因爲這段話，紙再也包不住火，陰冥這些年來才會被迫與各家名門子弟吃相親飯，她媽咪還笑咪咪地發誓說要對那個混蛋見一次殺一次；而她也因爲這段話明白一件事：那個渾身都是祕密的男人深愛著她，眞實不過。

爲此，不管那男人做了什麼，作爲他唯一的血脈，她都會承擔下來。

「妳爸就算是殺人兇手，天大的罪孽也算不到妳頭上，妳依然是白雪公主。」陰冥面對連海聲帶笑的指責，只是冷哼揭過，不冀望對方能明白她的決心。

「我走這趟是受你家店員所託，僅僅看在人情義理的份上來幫學弟拿日用品和課本。連先生，您是否允許我進入他房間？」

「啊，妳是那個『學姊』！」吳韜光連上關鍵字，恍然大悟。「我們去山上訓練的時候，以文有說妳的事，他很喜歡妳！」

陰冥可以跟連海聲脣槍舌戰，但吳韜光這樣直腸子插了一句，逼得她不自在地別過臉，怎麼也掩飾不了眞心。

「我眞不懂，妳到底看上他什麼？」連海聲不想貶低店員，但他對吳以文的評價就是高不起來。

陰冥沉聲反駁：「沒有看不看上，只是沒辦法放著他不管。這種依賴和同情形成的情愫，退三百步也不能算是愛。」

「哦，妳想很多嘛！」吳韜光隨口回道，等同一拳打爆陰冥鋪設好的防盾，裡面就藏著一個貓咪男孩。

「黑社會的，不可以！」連海聲激烈反對。

「有什麼關係？她看起來很會生啊！」

陰冥唇角微微抽動。這就是養大吳以文的兩個男人，難怪吳以文會長歪成那樣。

「不好意思，你們用過飯了嗎？」

連海聲和吳韜光一同露出困惑的眼神。

「他說冰箱還有菜，我來煮吧？」陰冥伸手把馬尾盤成髮髻，不等連海聲反應，窈窕的身影沒入裡間。

「這個好，我喜歡。」漂亮、矜持、會煮飯，吳韜光對陰冥印象很不錯，連海聲卻仍然像個惡婆婆挑剔不已。

「她那種茶來伸手、飯來張口的小千金，我就不相信她會煮出像樣的東西。」

「去看就知道了。」

「拉什麼?放開我，我還有很多工作要忙!」

「我看你整天都在發呆，脣邊唸著『文文、文文』，還不如起來動一動。」

「發呆你個頭!」連海聲惱羞成怒。

吳韜光抓過連海聲到廚房正大光明偷看，只見陰冥在流理台架好智慧型手機，穿上貓咪圍裙，跟著手機放映的教學影片洗手做羹湯。

陰冥只是模仿影片的料理，不像廚房的原主人整天努力想做出讓店長大人滿意的大餐，但可能她從小吃母親的家常菜長大，對食物有極佳的味覺，簡單做出來的三菜一湯都在水準之上。

而且看她雙手爲長輩端上飯菜，從頭到尾沒發出一點聲響，不自覺展現出大家閨秀的教養，很難不在媳婦人選打上勾勾。

「碗盤請自理，我把他的東西收一收就要走了。」陰冥轉身走向吳以文的房間。

「哦。」吳韜光大口嚼著四季豆炒肉片，「滿好吃的，你也快吃。」

連海聲望著陰冥的背影，總覺得她此行不單純。

陰冥在查延世相案子時，曾意外碰觸到吳以文的過去，看他瞬間全身顫慄的反應，了解到吳以文並不是「不記得」十歲以前的事，而是「不想說」。

她當時沒有意料到那個祕密會與自己切身相關，如果證實她的假設，那麼他與她這一年多的關係再也不是高中男女之間的扮家家酒。

陰冥打開木板門，映入眼前的是間快被貓咪布偶淹沒的幼兒房。

她先找過書桌，眞的沒有，才深吸口氣，回頭面對都是絨毛娃娃的上下鋪。

「哈啾、哈啾！」陰冥對毛屑過敏，就算戴了雙層口罩，在滿山滿谷的貓布偶中鑽動還是覺得鼻子好癢。

這個房間沒有電腦設備，可見吳以文平時上網都是靠他那支貓咪機子，但陰冥查過他的網路記錄，都在看貓咪影片和圖片，廢到有剩！

童明夜說過，吳以文不太用手機，找資料都是靠他和林律人。陰冥沒有駭到林律人的資料，但從毫無資安觀念的童明夜那邊擷取到各種高中男生的好奇心，知道他們三個感情好到會一起看成人片，特別喜歡大姊姊。除此之外，沒有其他。

陰冥得手過無數大人物的隱私，以爲小孩子的也很容易，可她這次碰上鐵壁，對象就是與她朝夕相處的男孩子。

不知道是有意無意，吳以文鮮少給外界留下資訊，他身邊的人對他的評價就像他表現出來的一樣，只有楊中和給出比較不同的評語：吳同學有意識地把人拉攏在身邊，從別人的回應建立自我，所以這個人很單純，同時也很難懂。

陰冥猜不透吳以文在想什麼，但她必須知道他眞正的想法。費了好一番工夫，她總算在下鋪的娃娃堆中翻出素描舊畫冊，外界不知、僅屬於吳以文私人的資料。打開來，一張張都是那位長髮美人的一顰一笑。

陰冥想著吳以文夜晚抱著畫冊入眠，不得不承認，她的確有些吃味。

她翻看的動作停下，發現紙本夾藏的畫紙，是名結雙辮的大眼少女，也就是她居家的裝扮。

陰冥壓抑心頭生起的激動，把圖畫掃進筆電，用軟體將她的肖像畫回歸到草稿。

她看著軟體的運作，去掉麻花辮，放大臉部輪廓，加上圓框眼鏡，她的畫變成另一個男人，這才是圖稿最初描繪的對象。

陰冥雖然早預想到這個結果，但還是克制不住顫抖——吳以文認識她之前，已經見過她父親。

把少年和父親聯想在一塊，陰冥第一個冒出的念頭不是私生子，而是醫院的保溫箱——大東亞研究中心，她父親投入畢生心血結晶的醫學實驗機構。

在陰冥記憶中，父親很少回家，總是在中心照顧他的「小朋友」。他說家族因爲長年近親聯姻，後代有許多不好的隱性基因曝現，在那個帝國裡，天生殘缺的孩子只能當奴僕，但在中心，他可以運用科技扶養他們長大成人。他就是爲了這個目的，才會跟隨太女遠渡重洋而來。

然而，禮堂爆炸案發生後，返家的父親突然告訴她和母親，他要回去南洋老家。

母親質問：「你是凶手嗎？」

父親沒有回答。她拉住父親的白袍，急切想知道另一件事。

「爹地，你走了，小朋友怎麼辦？」

「全部，銷毀了。」

從此，父親再也沒有抱過她。

她想查清究竟發生什麼事，消息卻被全面封鎖，直到有個悲傷而瘋狂的年輕女子來到她家門口，說要爲女兒討回公道。

——妳知不知道妳父親做了什麼！那些孩子要是還活著，絕對不會放過妳！

要是有孩子還活著……

陰冥痛苦地按住心口，只是她連哭都沒有資格。

陰冥走出房間，還是不哭不笑的冷淡表情。連海聲就是討厭她這點，小孩子自以為老成，不懂得討人歡心，又不是像那小子帶病沒辦法笑。

「大小姐，妳查完他的隱私了嗎？能不能分享妳寶貴的成果？」

「你眞要聽嗎？」陰冥扯開蒼白的唇角，連海聲看得直皺眉。

還沒回應，吳韜光猛地起身，一手拉過陰冥身子，一邊撈過連海聲纖腰，將他們撲倒在櫃台後方。

「轟」的一聲，琉璃門板應聲爆破，緊接著陳列店中的水晶櫃一一碎裂，裡頭的古物也無一倖免；窗簾受不住高熱衝擊，燃燒起來，濃煙瀰漫。

連海聲被撞那麼一下，一時頭昏眼花，只能聽著碎片如雨落下。他眞不想感謝昨晚嚴清風和他的小保鑣未雨綢繆把原先展示的珍品收到倉庫去，外人都比他這個店主認清岌岌可危的現實。

「喂，你還醒著嗎？」吳韜光粗啞問道，左邊臂膀染紅一片。

「醒著，別貼在我耳邊說話。」連海聲不悅地應聲。

「那好，幫我按住她的傷口止血。眞該死，好好一個女孩子，都破相了。」

連海聲好不容易才讓雙眼對焦，看陰冥雙眼緊閉，原本無瑕的面容扎上玻璃碎片，鮮血滴滴流下。她一隻纖手還擱在他頸邊，似乎昏厥前反射性想要幫他擋下傷害。

連海聲忍著痛，把陰冥抱到比較安全的牆邊。這位可不是尋常人家的女孩，而是天海幫聯孫千金，但那些人卻毫無所謂痛下殺手。她都如此，更何況吳以文？

那些人沒晾著他們太久，爆炸聲勢必驚動附近社區，必須在警察趕來前迅速解決掉他們。當派來的槍手一腳踏上門邊碎片，吳韜光瞬間抽槍躍起，連著三槍擊落歹徒手上的槍枝。

「警察！通通不許動！」

連海聲認為對方不只有槍，一定還佩有新科技武器，但他來不及阻止吳韜光，吳警官已經把櫃台當成跳板，大步衝向前線，用矯健近乎蠻橫的身手將匪徒制伏在地。

吳韜光拿起手機，撥打市分局：「局長，照常派一隊人到我常去的那家店；有傷患，無生命危險……」

吳韜光語音未落，一台無人駕駛的黑色轎車橫衝而來。

「韜光！」連海聲大叫。

吳韜光不得已放開匪徒，連步往後退開。砰的一聲，轎車撞進店門後卡死，停在吳韜光身前三公分。他本想衝出去捉拿四散的凶手，能宰一個是一個，卻被連海聲拉住腳步。

「我沒事，你別怕。」

「我怕什麼了！」

「不知道，就是覺得你現在很不安，不能隨便離開你。」

手機傳來老者的叫喚：「韜光……」

吳韜光對仍在通訊的電話彼端回報：「局長，凶手跑了，我得留在現場保護被害人，記得叫救護車。」

五分鐘後，警車、消防車包圍住古董店，還有天海幫聯集結而來的人馬，沉默地護送他們的小千金上救護車。

「我是這孩子的母親，非常感謝兩位捨身保護小女。」陰媽媽躬身向連海聲和吳韜光道謝，神色平靜，但不難聽出她每個字都氣到發抖。

「我是以文的爸爸。她是過來幫以文拿東西才會受傷，我也很抱歉。」吳韜光垂著血流不止的手臂，他向來不太會應付這種場面，催促連海聲回應：「你也說點什麼啊！」

「晴雨，很抱歉。」

陰晴雨輕柔埋怨道：「你從來不願意負責，也只會說這種虛言。」

「願意做小就別抱怨，妳還不是嫁給別人？」

陰大小姐和延大官人的地下戀情，八卦雜誌沒少報過。連海聲不知道是她從丁焰那邊聽說了什麼，還是早在林家調查時就起了疑心，經常託吳以文回送一些小巧的東洋瓷器，他不意外見到她怨嘆他薄倖的眼神。

「還有，這事和我的委託是兩回事，天海可別找藉口收回對那小子的保護。」

「你這混蛋講什麼屁話，要不是死老頭子病重，我真想親自守著小文。」陰晴雨柔聲回以連串粗話。她還想說些什麼，但他們之間已經無話可說，只是凝視連海聲好一會，然後領著幫眾離去。

連海聲先打電話給楊師傅，要裝潢師傅把半毀的古董店恢復原樣，就算以後店主不在，也能給那孩子留個念想。接著，叫住被屬下強押去看醫生的吳韜光。

「吳警官，跟你妻子離婚，我就盡一切能耐把他的權屬判給你，以後再也不干涉你們的生活。」

吳韜光和連海聲爭小孩爭了那麼久，聽他這麼說卻沒有得償所願的快感。

「連海聲，你真的捨得嗎？」

「怎麼捨不得？你以為我和他之間存有親情一類的可笑情誼嗎？」

連海聲有時也會被五年來的感情所迷惑，以為自己可以成為吳以文的某個人，但他心裡有一塊餘地一直清楚明白，這間店、他和男孩之間，說到底只是兩隻被世界遺棄的孤鳥，扮著各取所需的家家酒。

這麼幼稚的戲作，總有結束的一天。

連海聲臨走前，給吳以文打了最後一通電話。

電話一下子就接通了，總覺得吳以文固執守在話機旁，就等著他來電。

「文文，老闆有事要到南洋。我不在，你要聽醫生的話，好好照顧自己。」

「老闆，可不可以來看我？」吳以文呢喃一句，聲音很輕，但連海聲還是聽見男孩微小的祈願。

「我有很多事要忙，等你康復再說。」連海聲撒下謊言。

「一直沒有好起來怎麼辦？不能見老闆？」吳以文好像察覺到什麼，急忙追問。

連海聲沉默下來，不想做下勢必食言的承諾。

「老闆，我會做很多事，什麼事都會做。」

這些年來，店員總是小心翼翼地謹守自己的本分，壓抑著青少年該有的衝動和任性，只希望連海聲能留一個位置給他。

「你不要再說傻話了。」

「因爲，我很害怕，失去你……」

連海聲抓緊話筒，這世上就是有人會蠢到把虛情假意當眞，太可笑了。

「求你，不要再把我丟掉……」

連海聲漠然掛下電話，不想聽那孩子絕望的哀求。

五、說謊者

他都忘了一句千古金訓：小孩子寵不得。剛抱回來時對他戰戰兢兢，無時無刻小心翼翼，結果才養過一個冬天，已經不再乖巧聽話；就寢前搶先撲上床，滾來滾去妨礙他休息，還故意對他睜大一雙貓眼睛，央著他摸摸頭。

天亮了也不肯起床，一定要他拎著後頸才肯到浴間梳洗，洗完臉回來又撲上他膝頭，一趴就是一整天，比黏鼠板還黏人。

華杏林看著他們總是發出意味深長的笑聲，他聽了好不舒服。

「你想想，有生以來第一次受到疼愛，反應總是熱烈了點。」

「眞好笑，他最好知道什麼是愛。」

「如果在你眼中，只有無怨無悔爲你付出青春和性命才算是，把這種世人夢寐以求的奇蹟當作標準，那你這輩子大概也不會再有。」

「不要有事沒事就對我說教。」

「我只有對無知的人才會忍不住多嘴呀！」華杏林說得誠懇，要是能打女人，他一定要扯下她那張嘴皮子。「我看你身體的數值恢復得差不多，手術就在近日，小朋友要怎麼辦？」

他動手術是他的事，爲什麼會導出最後一句結論？

華杏林低眸望著睡在他腿間的男孩，輕聲表示：「人不能選擇自己的出身，他已經很倒楣了，你可不要做錯選擇。」

他心裡已有定見，手術風險大，沒死也要去半條命，撐下來又要全神貫注去殺人放火，小孩留著有何益處？

華杏林叫他多考慮，或許有第二條路，動完手術、復健好，就帶小朋友到國外隱姓埋名過日子。

他笑她天眞，華杏林難得沒有回嘴。

當晚，本該早早臥床的男孩，抱膝呆坐在床頭，目光沒有離開過他，大概憑動物本能察覺到異狀。

眞會察顏觀色，不過以他親身經驗，太聰明不是件好事。

「我就老實告訴你，我是一個超級大壞蛋，只會給人們帶來痛苦和不幸。但這世上的壞蛋多半能力不錯，可以爲你安排豐衣足食的好人家，父母、大狗、小花園，什麼都有。讓你選吧，美滿的家庭和身心扭曲的復仇者？」

「我，想留在你，身邊。」男孩毫不猶豫地回答。

「笨死了。」他擰住眉心，腦中冒出第三條路——帶著拖油瓶遠走高飛。趕緊揮去這可笑的念頭。

男孩腦袋窩進他懷中，被他一把推開，又不氣不餒貼上他胸口，他覺得重但又捨不得這份依賴的溫度。

「我沒有孩子，你就像我的孩子，我希望你能過得好，你明白嗎？」

老天爺給他開了大玩笑，在他人生的最後，給了他從未奢想過的溫情，害他不得已爲了這孩子悲苦的出身而心疼。

「我想，留在你身邊。」

他這輩子只在那女人口中聽過像這樣堅決的回答，換作別人可能會一時心軟，但他就是個冷血動物。

他還記得那天，天氣不太好，雨勢不小。他仔細爲那孩子穿戴整齊，說要帶笨蛋去看外面的世界，那裡和醫療所不同，充滿蠢娃最愛的夢想與希望。男孩聽了，似懂非懂地點點頭，但遲遲不肯踏出門外。

他看得出小孩有些懼怕外出，但他一牽過小手，仍乖巧跟著他離開。

大概是淋到雨的關係，他每走一段路就得停下來咳嗽，累死了，眞想回頭不幹，但看那孩子拿手巾給他擦臉的模樣，他又含血含恨走了下去。

他這麼愼重其事，可當他們來到約定好的街口，吳韜光卻穿著警校的運動外套和短褲等在那裡，一點也不像個三十歲的大人，加上亂髮和鬍碴，整個人顯得很頹廢。

當下他眞想掉頭回去，裝作沒這件事，但他還是咬緊牙關走上前。

「吳韜光，這個小孩就交給你了。」

「你叫我過來就是爲了說這個？莫名其妙！」

他當然知道自己的所作所爲沒有道理，一夕之間失去所有財富和權力，沒有資源的他，能做的選擇就是這麼貧乏。

他拿開黑傘，放開孩子緊抓的小手，按著兩邊膝頭，艱難地跪下。

「你以前叫我和她哥哥姊姊，我從來沒有應過你一聲。弟，算我求你了，我這輩子只求你這件事！」

吳韜光安靜下來，扶他不起，只能跟著蹲下。

「他是誰的孩子？」吳韜光伸手想摸，孩子卻躲回他身後。

「不知道。」

「你要我怎麼和我老婆交代？」

「反正你們十年來也沒生出個屁，你就先收他當徒弟。這孩子很乖巧、很懂事，你妻子一定會喜歡他的。」

「你這個混蛋。」

他感覺背後衣服被小手緊攢著，把事主給拖拉出來。

「我不要……」

他捧起孩子低垂的臉蛋，注視那雙淚光盈盈的眼睛。

「你聽著，我可能會死。」

這是他徹夜想出來的絕招，以死相逼，成功讓男孩放棄掙扎，因爲這孩子生性就是體貼人。

「等我身體好轉，我會來接你。在此之前，你要乖乖聽話，知道嗎？」

他一生謊言無數，說謊像呼吸一樣自然，自然地流出幾滴戲劇性的眼淚，好像自己也割出心肉那般捨不得。

他邁步離開，男孩不敢追來，只是像個普通小孩號啕大哭。

他心想，孩子善忘，只要日子過得好，很快就會忘記他了。

這樣很好，從今以後，再也不見。

「阿文，你還好嗎？」

自從童明夜帶著吳以文偷偷回去看過古董店，店面重新裝修，店長不見蹤影，回來之後，吳以文總是魂不守舍。

吳以文在診所依舊幫忙灑掃煮飯，生活如常，但吃晚飯的時候常常只剩熱騰騰的飯菜卻不見人影，都是童明夜出去院子叫人，才把躲在屋頂看月亮的吳以文喚下來。

「以文，你怎麼了？」林律人擔心不已。

兩個好友連番關切，吳以文也不肯說明白。他們很小心眼，總覺得連海聲用另一種方式把吳以文搶走。

再這樣下去，林律人天天哭著上學也不是辦法，醫生哥哥希望他們去找能讓小文弟弟坦誠的對象開解他。童明夜雖然很沮喪自己不是吳以文的心靈支柱，但也展現他的行動力，去天海幫聯舉槍大鬧，請來靜養中的陰大小姐。

陰冥和吳以文是對非典型男女朋友，從來沒在別人面前愛來愛去，但他們有一點很像小情人會做的事——互相叫童明夜隱瞞病情，就是不想讓對方知道自己的慘狀。所以陰冥肯改變心意過來探望吳以文，童明夜實在感激不盡。

童明夜揹著負傷的陰冥到診所，還沒進去，陰冥就叫功成身退的他離開方圓十里，一小時內不要回來。

童明夜不敢不從，只是對陰冥殷殷囑咐。

「姊，阿文還病著，你們雖然好久不見，但也不要玩得太激烈吶！」

陰冥只有一個字回敬：「滾！」

陰冥入內向老大夫和小醫生打過招呼，李伊生還以為她是來看診的傷患，陰冥淡然說明她是來探望裡頭的病人，請讓他們單獨談話。可是李伊生不覺得她是來探病，比較像來釘孤枝。

陰冥進到病房、反鎖上門，吳以文一看見臉上包著紗布的她，立刻跳下床，鞋也沒穿，快跑到她面前。

「學姊，會痛？很痛？」

陰冥以為自己已經心如止水，但當吳以文雙手捧住她的臉，露出為她疼痛的神情，她竟然連推開他也做不到。

「誰?是誰?」

「這你不用管，我是來談你的事。」陰冥拉下吳以文溫熱的手，不等他反應，直接破題:「南亞醫院的院長是我父親，有這層關係，我才有破解他們系統的權限。但我就是太相信自己所見，沒想過登錄的資料也會造假。我只能返回最原始的調查方法，向當事人親口問證。」

這也是陰冥當初教吳以文查案的手法，沒想到怕麻煩的她有一天會用上。

「第一個問題:你眞的有出車禍嗎?」陰冥被資料上的血染制服給模糊焦點，意外事故是青少年常見死因，車禍是一個合理的說法;但合理不代表事實，其一，沒有行車記錄器、人證;其二，發生地點太遠僻，只是讓「送南亞急救」有理可據。

「不知道。」

「不知道的意思是不記得，還是不想說?」陰冥迫視著吳以文，如果不是，那爲什麼他要替南亞醫院隱瞞?

「第二個問題:你到底是什麼人?」

「不知道。」

「不懂、不記得，還是不想說！」

吳以文按住發痛的額際，閉上眼。陰冥沒打算放過他，抓住他領口，咄咄逼人，粗暴地將他按上床鋪。

「我問你，你從一開始接近我，就是爲了報仇嗎？」

吳以文避開陰冥臉上的傷口，出手將她反制，緊抱在自己胸前。

陰冥聽吳以文用表演話劇的唱腔，在她耳畔詠歎。

「妳是我的公主，但我不是王子，是惡龍。」

他承認了，但此時此刻，陰冥非常痛恨他的誠實。

她母親總說，學生戀愛比較單純，不會去看身家，要她好好珍惜那孩子的心意，沒料到一個十多歲的男孩子會如此深沉，看似眞情流露，全是處心積慮。

「妳的父親千方百計要抹滅我的存在，我就算死，也要他珍視的寶物，每想到我一次，就心碎一次。」

陰冥再也忍受不住，用力搥打吳以文胸口，要他吐回這一年多來的感情。吳以文只是任她發洩，死不鬆手。

「你敢傷害我爸爸，我絕對跟你沒完沒了！」

吳以文恍然大悟：「果然還是，親生的比較好。」

陰冥聽了毛骨悚然，吳以文似乎沒有發覺自己無意間洩露出的濃烈恨意。

吳以文感覺到陰冥的顫慄，放手讓她依循本能逃開。陰冥整理凌亂的裙裳，心頭充滿羞憤的情緒，她知道他要是眞想對她動手，她根本無力反抗，從頭到尾都是他在縱容她裝腔作勢。

「我跟你，到此爲止。」

「不要。」

陰冥好不容易強忍住的情緒又炸開來，不要什麼？難道他這個騙子要說日久生情，眞心喜歡上仇人的女兒嗎？

「最後一個問題：連海聲呢？你對他的忠誠也是一場騙局？」

吳以文垂著眼，沒有回答。

陰冥含恨拋下一句：「你這個人，眞恐怖！」

陰冥掩面離開診所時，銀色跑車正好迎面而來，車上的林律品看陰冥這座冰山竟然露出泫然欲泣的表情，判斷她剛和某人大吵一架，忍不住笑開來。看樣子，眼下正是趁虛而入的好時機。

林律品將千萬名車隨手停在路邊，拎著探病的禮品，大搖大擺走進古色古香的小診所，看了眼忙碌的老大夫，又看向跑來跟他問話的年輕醫生。

「我還擔心醫病間會產生移情作用，還好，長得也不怎麼樣嘛。」林律品特別撥了下右耳的耳環。

「咦咦？」李伊生總覺得好像被這名俊美的男子挑釁了。「不好意思，請問你和他是什麼關係？」

「既然你都誠心問了，我就大方告訴你——」林律品揚起食指，嘴邊才說出「男」字，又把剩下的「朋友」嚥進嘴裡。「我去看他啦，掰掰喲！」

林律品推門進房，沒有人招待他，吳以文就像具沒有感情的人偶，安靜坐在病床上。

「吵架了對吧？女人就是這樣，整天歇斯底里，不如跟我交往吧？」林律品本來發誓一輩子絕對不說出口，結果一不小心還是告白了。

他從來沒想過自己會對一個人這麼積極，甚至盤算著跟冰山女結婚，藉機把這個男孩子綁在身邊，讓他隨時給自己泡奶茶喝。

吳以文一點也不意外，或者他那張臉本來就欠缺變化。

「品，別靠近我，會受傷。」

林律品揚起眼，仔細瞧著吳以文。真是難能可貴，竟然能從這個扮戲如呼吸的少年身上看見一絲眞實。

「正好，我還煩惱生活缺乏刺激。」林律品笑著走近吳以文，將禮物重重拋上床，本來想直接坐大腿椅，顧慮自己也算是個「大哥哥」，只是緊貼著吳以文坐下。

吳以文輕輕嘆了口氣。

「這個，是我的舊電腦，你無聊可以玩。」林律品指向被他亂丟的禮物。

「謝謝。」

「既然你收下禮物，那麼我是不是可以要個回禮？」

「要什麼？」吳以文看著林律品；林律品湊近親了他左頰。

「就是你呀。我喜歡你。不論你的虛假還是殘酷，都很喜歡。」

吳以文低著頭，兩手捧起高級紙袋退回禮物，可林律品偏不接受退貨。

「我可是坐擁世族林家的大公子，你想要顚覆這個世界，我可說是最佳選擇。」

「品，回家。」吳以文固執說道，林律品嘖了聲，看來他估算錯時機。

「文，連海聲走了，你還有我不是嗎？我雖然還沒有拿下家主的位子，也不是一個多成熟的男人，但是我會盡其所能守著你。」

林律品不知道腦子哪裡壞掉，忍不住多說了些情話。吳以文眼也不眨地看著他，微微揚起脣。

「小孩子。」

林律品第一次見到他笑，不是嘲笑，語調沙啞而滄桑，彷彿是歷經風霜的男人。演得眞好，他整顆心簡直都要被迷住了。

「對了，連海聲在我小叔那裡。」林律品只一句話，就讓吳以文變回被拋棄的小可憐。「聽說你傷到腦，可能忘了相關資料。東西全在電腦裡，請自便。」

「品，謝謝。」

「謝什麼？我也趁機拔掉你老闆不少事業點。」

看吳以文抱著電腦，好像那人還在他身邊，愚忠又可悲，但林律品也沒有比較不喜歡他一點。

林律品走後，來了第三名訪客，這才是林律人特別請來的愛心小老師。

楊中和一反常態，穿著一等中運動外套來探病，肚子鼓鼓的，似乎裝了什麼。他進房時，吳以文正在休息，睡得不太安穩，他沒有叫醒對方。

直到吳以文翻身，察覺到小伙伴的氣息，陡然睜開眼。

「啊，班長！」

楊中和看見吳同學驚喜的眼神，有些抱歉這麼晚才來看他。

吳以文爬起身，又是倒茶又是削水果，殷勤招待貴客，楊中和搞不清誰才是病人。

「很想班長，可是不敢去學校。」

「你該不會正被邪惡的神祕組織追殺吧？」

吳以文點點頭：「交代完遺言。」

「天啊，這世上竟然有你打不贏的壞蛋！」

吳以文腦袋叩上楊中和肩頭，好不沮喪。

「你好朋友說你最近精神不濟，我想了想，去公園找來你的好伙伴。診所應該禁止動物入內吧？你低調一點。」

楊中和拉下外套拉鍊，探出一隻花色雜駁的大貓。

「花花！」

吳以文和貓咪玩了好一會。楊中和坐在床側，看他同學稍微打起精神。這下他應該能跟那兩個哭天搶地說小文文要死掉了的神經病校園偶像有個交代。

眼看天色晚了，吳以文依依不捨把貓貓放回楊中和外套裡，楊中和下床，他也跟著下床，似乎想跟著楊中和一起回家。

「好啦，你快點康復，我們再去公園看貓。」

「班長抱抱。」

「被你兩個朋友看到，我又要遭殃了。」楊中和嘴上抵抗不已，但還是讓吳以文輕擁入懷。

「我喜歡班長。」

「承蒙厚愛啊，不過你到底中意我哪一點？」楊中和不懂他一個平凡人何德何能讓身邊美人環繞的吳同學青眼有加？

「因爲小和是幸福的小孩，看著也以爲自己能幸福。」

楊中和感覺他同學不太對勁，好像定下了某種決絕的念頭，不會再回到日常生活。

「吳以文，你一定會好起來，不要放棄希望。」

六、美夢成煙

雨一直下，他因爲剛開完刀，雙眼蒙著紗布，什麼也看不見。

「沒有小朋友，好無聊喔！」華杏林貼身照顧他之餘，依然廢話很多。

「吳韜光說常常帶他到戶外活動，還去逛夜市，過得很好，不勞煩妳廢話。」

「嗚嗚，到口的肉就這麼飛走了。」華杏林好不遺憾。

「妳把他當成什麼了？」

「還有呢？你再多說點。」

他明明不想浪費時間談論不相關的人事物，卻一字不漏地轉述吳韜光的電話內容。那孩子拜在吳韜光膝下學武功，非常認眞，痛也不吭一聲，又一邊勤勞地向師母學做家務。

華杏林聽了若有所思：「痛也不說嗎？可見他已經學會如何討好大人了。」

「什麼意思？」

「以前被你養著，他就算整天像塊軟糖趴在床邊也沒關係。但他去那個家是承你的人情，必須好好表現才行，辛苦他了。」

「妳別說些有的沒的，吵死了。」

「只是付出了就會想得到回報，韜光弟弟又是粗神經的人，我怕小朋友會受委屈。話說回來，你對他那個妻子了解多少？」

「我怎麼知道？」

「要是雯雯在就好了，她一定會留心名義弟媳……啊啊，我不是一時口快，我就是故意說給你聽的。」

「妳怎麼不快點去死一死？」

「唉，人生本來就有捨有得，無法盡善盡美，不過有個家總是比跟著你好。我們就不要太擔心小寶貝，默默向上蒼祈求他幸福吧？」華杏林故意握住他雙手，被他用力甩開。

「誰擔心了？」

他還記得華杏林當時的笑語，自我安慰，又像是說給他寬心。

「只要想到小朋友被雙親疼愛著，盡情地歡笑，就覺得這爛透的世間還有希望。」

往後的日子，他大多昏迷在病床上，和吳韜光斷了音訊。慢慢地，那孩子的身影從他的記憶中淡去，不再想起絲縷雲煙。

他能下床的那天，到街上買了一束花，換上體面的新衣，大步走到那女人的衣冠塚，向她鄭重告別。

「雯雯，妳少爺我要去報仇了。我保證這回不會讓妳等太久，我很快就會去找妳。」

他傾身吻了吻無名的石碑。

他拿起傘要走，卻在這時聽見微弱喘息。因為先前有個殺千刀的案例，他不敢大意，緩步越過石碑，發現下方泥濘的水溝躺著一個血人，身上破了大洞，露出肋骨和臟器。

他眼前浮現大禮堂四濺的屍塊，掩埋場惡臭混雜的濃烈血腥味撲鼻而來，令他連退兩步，作嘔不止。

他很討厭血，甚至可以說是發自骨子底的恐懼，卻無法轉身逃開，因為那是個還未成年的男孩；在他記憶中，仍是不及腰身的小孩子。

他打撈起氣若游絲的血人，在雨中狂奔回醫護所，嘶吼叫喚白袍醫生。

「杏林、杏林！」

「那麼急著幹嘛……」華杏林認出血人的身分，摔了整杯咖啡。她立刻抑制住情緒，起身抽起桌巾，平鋪地上。

「放上來！」

華杏林打開隨身醫事包，戴上手套，飛快清創傷口，塞回外露的腸子，止血縫合。他從來沒見過華杏林如此焦急的神情，就像與死神賽跑。

「拜託，撐下去、撐下去啊！」

急救過程中，男孩一度呼吸停止，但華杏林仍是強把那條命給救回來。他只是在一旁呆站著，無用且無力。

「呼，穩定下來了，幸好他組織再生能力異於常人。」華杏林癱倒在地，把血淋淋的男孩半抱在懷中。「沒事了，回來就好。」

他一直沒能從衝擊中回過神，直到華杏林洗好澡換上便裝，她彷彿沒事人，到床邊親吻男孩傷痕累累的臉龐。

「美人兒，我回去拿設備和傷藥過來，你可要顧好我們的小寶貝喲！」

「杏林，怎麼辦？」他從來沒想過會再見到這孩子，而且還是這種慘烈的狀況。

「先等他清醒。你可能要做好心理準備，他或許不再是你以前熟悉的模樣。」

華杏林走後，醫護所就剩他和男孩。他不知道時間過了多久，天色暗下大半，他想要開燈，手邊卻傳來動靜。

他透過夕日餘暉，注視男孩睜開的眼睛；男孩強忍著身上的痛，目不轉睛望著他，爲了那個沒成眞的約定。

——來接我了？

「嗯。」他輕應一聲。

於是男孩安心闔上眼，好像所受的苦痛都不再痛了，以為這就是幸福快樂的結局。

男孩傷勢好得很快，兩日就能下床行走，沒想到這才是苦難的開始。

他和華杏林都注意到男孩的異常，不會講話、進行日常活動會突然陷入恐慌、眼神無法與人正常交會，而且比起以前更加懼怕華杏林的白袍，她幾乎無法靠近男孩。

華杏林拿了一份驗傷報告來，他看也不看，她便口頭跟他說明幾句：傷勢是人為所致。小朋友送養這段期間，恐怕遭受到非人的虐待。不幸中的大幸，沒有被性侵。她嘗試過幾種控制情緒的藥劑，偏偏男孩的體質無法用藥物治療，只能靠他充當鎮靜劑。在他身旁，男孩精神狀況相對平靜。

他抿緊脣，問華杏林這病什麼時候能好轉，他趕著去完成卓越的計畫，最多再留一個月。華杏林沒有嘲笑他的無知，只是對著蜷縮在角落的男孩嘆息。

他什麼也沒做，任憑男孩自生自滅。人在世上本就只能靠自己，把希望寄託在別人身上無疑自取滅亡，要是能早點認清這點，以後出社會便不會被滿口仁義道德的賤人壓榨。

當他半夜起來上廁所，砰的一聲，原本睡在床下的男孩急急追來，深怕他消失不見。

男孩眼中的依賴太明顯，使他無法視而不見。他連大聲說話也不敢，像對待易碎瓷器般小心翼翼把男孩哄回房間。他不知道這種日子能持續多久，心頭的煩躁與日俱增。

沒撐過三天，他就因爲男孩病症發作摔破水杯而爆發出來，把人趕出臥房，不想再看到男孩空洞的雙眼。

他們之間本來就沒有言語交談，分睡之後，更像是住在同一屋簷下的陌生人。他在房裡看書報，男孩在外頭灑掃環境，用簡陋的爐灶煮三餐，煮好飯就走來輕敲兩下門。每當他爲了吃喝拉撒走出房間，一碰上那孩子就嫌惡地別過臉，眼不見爲淨。

他知道男孩做這些就是想要被稱讚、被需要，但他一絲絲善意都吝於施捨，免得對方又興起無謂的期待。

華杏林那女人來了，撞見他在用飯，學著火雞高分貝尖叫。

「他是病人，怎麼會是他在照顧你！這什麼？聞起來好香！」

「不准吃，都是我的！」他拍掉華杏林偷肉丸的手。

「你這人眞是太過分了，寶物吸引機，什麼好東西都給你遇上。」

「少廢話，妳要就拿去！」他摔下碗盤，覺得她意有所指的話很刺耳。

「我也很想啊，只是小朋友不肯跟阿姨走。」華杏林望向整理流理台的男孩，壓低聲音勸他：「以他的情況能爲你做這些，實屬不易，你可以多給他鼓勵。」

「然後呢？」

華杏林再也受不了，咬牙說道：「你能不能拿出一點同情心？他還是個孩子。」

「他是我什麼人？憑什麼我要負責，我可從來沒打算帶他回來，是他自己厚著臉皮跑回來，誰想見到他！」

「你不要說了，他病了不是聾了，他聽得見啊！」

流理台傳來雜音，男孩失手砸掉幾個杯盤，抱頭蹲下來，發出嗚嗚的怪聲。

「只會裝可憐，眞沒用，你怎麼不去死？」

男孩停止怪叫，雙眼直望著他。他形容不來那種眼神，不是恨，也沒有悲傷，只是想要把他記下。

他記得那女人死前，也是這樣看著他。

華杏林一拳揍上他，他太小瞧女醫生的力氣，失足跌坐在地。

華杏林走向男孩，上一刻氣急敗壞，一下子又換上溫和的笑顏。

「來，小寶貝，過來阿姨這裡。」

他別過臉，就是刻意要逼華杏林出面，那小子卻不識好歹，對那襲白袍尖叫不止，踩著滿地的玻璃逃竄。

「安靜！不准動！」他大吼，男孩隨即停止動作。華杏林站在原地，怔怔地像是要哭泣；後來她去車上拿了醫藥箱放在碎玻璃邊上，不發一語地離開。

他看著滿地血痕，一臉厭惡，回房間緊閉上門。

等他半夜再出來上廁所，髒亂已收拾乾淨。男孩沒有睡，待在屋裡最不起眼的角落，安靜地給手腳纏好繃帶，然後右手抓著自己左手，撫著自己腦袋，反覆如此。

他忍不住想起從前，當他看書沒空搭理小孩時，男孩也會抓過他的手，自力救濟討摸頭。

他入睡前，特地將房門留個縫，示意男孩可以回房睡。想想其實也沒有那麼難以忍受，他可以再浪費一段時間，等男孩病情改善再送去育幼院。

然而，隔天清早，他因爲華杏林的號叫而清醒過來，眼前映入一片紅，腦子嗡嗡作響，許久才意識到是怎麼回事。

男孩像是睡著一樣，只是頸側血液從插入的刀口汩汩湧出。他身下鋪疊的報紙顯示這並非意外，而是有計畫的謀殺，方便他們捆起來打包丟棄。

都怪男孩沒有呼救，不然他們距離這麼近，他一定會出來遏止這樁血案。

華杏林一邊施救，一邊再三向他確認，眞的一丁點呼救的聲音都沒聽見嗎？傷口這麼深，就算死意再堅決，也不可能不發出求救的哀號。

他畢竟與男孩朝夕相處，知道那孩子的想法，恍惚地說：「他怕吵醒我。」

華杏林染滿血的雙手抓緊自己的白袍，號啕大哭。

「早知道他活得這麼痛苦，就不要救他了，哇啊啊！」

「叩叩，海聲，叩叩！」

連海聲回過神來，不在簡陋的醫護所，是全世界最豪華的船艙。古董店被炸之後，他隱匿行蹤來到南洋，林和家知道他被追殺，特別安排他出海避險。

一路上，林和家的笑容帶著說不出的古怪，可他沒精神和對方鬧，把白痴趕到天邊去；只是一個人獨處，總不時想起生病的店員。

連海聲無力回應：「去死，去死一死。」

「親愛的，有你的電話，小文的醫生。」

連海聲打開門，從林和家手上一把搶過話機，厲聲質問電話那頭的李伊生。

「你怎麼知道這支電話？診所被挾持了？」

「不是的，沒有被挾持——不過我們的確被挾持過幾次。」李伊生花了兩秒回想他英姿颯爽的大姊，就算家人被威脅，也不向惡勢力低頭。「是我看他總是對著這組電話號碼發呆卻不敢打出去，私自猜測應該與你有關。」

「你還眞愛多管閒事。」

「我是醫生，我想治好他。」李伊生柔軟的聲音突顯他堅定的決心，不禁讓連海聲想起華杏林那女人。

「少說大話，他情況如何？」

「少了家人的支援，他病情急速惡化，不太能記人。」

昨晚吳以文一時叫不出童明夜和林律人的名字，他們嚇得抱住吳以文大哭。吳以文本人也很難受，一遍又一遍向好友道歉。李伊生看得好心疼。

「他被施打的藥物會選擇性阻擋事件記憶和內容記憶的讀取，只保有程序記憶。如果不能有效解毒，我必須告知你不幸的結果——他可能會失去所有記憶。」

「你說，他什麼都會忘記？」

「是的，很可能連你也記不得。」

連海聲不自覺輕喃：「太好了……」

「什麼意思？」

「既然不會影響日常生活，停止療程。」

「請給我多一點時間……」

「你們那間診所不在你祖父名下對吧？」

李伊生不知道爲什麼話題會轉來這裡，但仍是照實回答：「我家本來是祖業，土地重劃之後卻成了公有地，因爲我父母意外過世，爺爺爲了照顧我和姊姊，無力處理權狀。後來不知爲何，又變成私人土地。姊姊才會說學醫無用，學法律要當律師；後來卻被嚴清風延攬去政府機關，我姊姊眞的很厲害呢……不好意思，我扯遠了。」

「這兩天你會收到登記在你名下的地契和房契，然後關係到此爲止。」

「等等，我不明白……」

「你不用明白，回去過你天眞的傻日子。」

「以文呢？你要他怎麼辦？他還在等你回來接他……」

連海聲決絕地掛斷電話，不想再聽見那個名字。

「海聲，你還好嗎？」

「你消失就很好。」

林和家不受連海聲情緒發言影響，目光仍像溫水般，脈脈望著他家大美人。

「看看你，瘦了那麼多。小文受傷讓你很難受，但那不是你的錯。」

連海聲眼前有些發黑，按著胸口，揮斥林和家走開；林和家只是扶著他就座，發現連美人雙手一片冰冷。

林和家看了下空調，宜人的二十八度，應該不是室溫的問題。再這樣下去，大美人會把自己給搞死。

「沒辦法了，我幫你養小文吧！」林和家說得大義凜然，臉上的笑容卻出賣他的眞心，最喜歡小朋友了。

連海聲撈起垂落額前的長髮，看了白痴一眼，連罵人也提不起勁。

「近水樓台，只要小文在我身邊過得好，貓咪媽媽說不定就會答應跟我結婚！」

「神經病，誰是他媽啊？」連海聲被逗得露出一抹笑，林和家心頭也綻開一支仙女棒。

「我也想過，但是你離我太近，他遠離不了不幸。」

「你不要這樣想，你再有能力也顧及不了全局，小文也有小文自己的問題。」

「你又知道什麼？」

「我派人調查平陵延郡和研究中心的關聯，內線提到，他們實驗活體都是找家族的骨血，小文出身可能不尋常。」

「住口！」

林和家被連海聲劇烈的反應嚇了一跳，這也足見吳以文在他心中的地位不與一般。

「對不起，我只是猜想，小文會不會可能是你和雯雯的孩子。」

「我們沒有小孩。」連海聲很篤定，他對她在那方面可是十足小心翼翼，近親在他們家族產生的畸型兒已經多到埋不下地。

「這樣啊。」林和家笑了聲，連海聲驚醒過來。「也對，你只說小文是你的兒子，沒註明親生與否。」

「林和家！」

「世相，我該說好久不見嗎？」林和家嘴邊噙著賊笑，大魚上勾。

「我是說我和顏雯雯那女人毫無瓜葛，你不要想太多。」連海聲壓制住手腳的顫抖，現在還不是與對方撕破臉的時候。

但連海聲想裝，林和家卻不打算放過他，傾身往前踏入他防衛的界線裡。

「明明那麼像，連裝腔作勢的樣子都好像，我們相識大半輩子，再認不出來，實在要挖出雙眼。阿相，在你最好的朋友面前，不用再瞞了。」

連海聲有些耳鳴，可他現在不能倒下。

「你以爲自己得勢了嗎？我會怕你嗎？」

「是啊，我就是依仗形勢才敢和你攤牌。」林和家幾乎要撐不住他溫和的形象，露出骨子底世家子弟的傲氣。「那間店沒了，你除了我這裡，還有哪裡可以去？」

連海聲抿緊脣，林和家伸手撫住那美麗的面容。這些年來朝朝暮暮，終於得償所願。

「林和家，我現在這樣子，你認爲很好笑嗎？」

「我沒有嘲笑你的意思。」林和家覺得自己應該發頓脾氣，被欺騙愚弄的都是他，怎麼會是他被指責？可是連海聲臉上沒有一絲血色，他實在不忍心回嘴，怕對方強撐的自尊會碎裂開來。

連海聲揮開林和家的手，搖搖晃晃站起身，踉蹌往外走去。

林和家心想反正在海上，美人怎麼也不可能逃出他的手掌心，就讓連海聲去吹兩下風冷靜血管。歲月不饒人，他們兩個都是年紀不小的中年人，逼太緊一不小心中風就慘了。

但他轉念又追了上去，因爲他想起他所認識的好友，一輩子都學不會跟人妥協。

林和家及時抓住踩上欄杆、正要往海裡跳的連海聲，兩人在甲板上扭打起來。

「放開我！」

「阿相，不要鬧了，你想給別人看笑話嗎？」林和家知道這人就是重面子，比任何道德勸說都還有用。

「離我遠點……」連海聲披頭散髮，無力的十指試圖把林和家給拔開，但那個力氣連貓都抓不牢，林和家只是緊抱住他。

他們都是孤子，所以林和家比誰都了解他這個至交。他選擇付出一切把人們拉攏到自己身邊，而這人只會推開所有人來保護自己。

「你爲什麼就是不相信我？自我們十五歲結識，這二十五個年頭，我對你的感情有變過嗎？結果你寧願去死也不肯依靠我，你眞的很傷我的心！」

「這種漂亮話誰不會說？我給你證明的機會，去死啊，你就去死啊！」

「阿相！」

連海聲垂下長睫，微弱地重申前話：「離我遠點。」

「好了，都是我不對，我們進去艙房喝杯茶吧？」林和家抹開淚，把內容物爲大帥哥的大美人扶起身。「你要想想，全世界只有延大官人擋得下南洋的侵略，才能保護小島國的蒼生免受摧殘。」

「你總是以為我無所不能，要是能打垮那裡，我早就做了。」連海聲不帶任何情緒承認自己的弱小。

林和家看著連海聲，他家阿相以前絕不可能說這種喪氣話，原來歲月真會磨去一個人的稜角。

「可是你在我記憶中就是那麼了不起的傢伙，我好幾天滾棉被想不透的難題，一到你手上，總有辦法輕鬆解決。」

「因為那些都是我絞盡腦汁設想好的布局，就為了贏過你。你是一個出類拔萃的男子，性格和家世，樣樣比我優秀，在她面前，我必須贏過你。」連海聲從來不接受林和家的友誼，在他心中，這男人就是個讓人嫉恨的競爭對手。

林和家笑開來：「我也是呢，只是你實在太帥氣了，連我這個勁敵都別不開眼。」隨時隨地都能由衷說出體貼的話語，連海聲覺得很討厭，又不得不依賴林和家的包容。不管再自私可惡，還是想要有人無條件接納自己。

「拜託，你就承認你只是個變態。」

「唔啊！」林和家捂住他受傷的小心肝。

兩人從未想過有一天、在那女人死後，彼此還能像這樣坐下來開誠布公。

「阿相、海聲，你現在有什麼打算？」

「是啊，我都忘了，已經不用再顧忌後路。」連海聲挽起長髮，揚起美麗的鳳眼。「直接把船開到平陵那邊去，我去給老爺子祝個壽，也順道拜他來年的冥誕。」

「呀？親愛的，這艘可不是戰船。」

「廢話，我知道，拜壽有賀禮就夠了。」

「什麼賀禮？」林和家很高興大美人打起精神，但總覺得情況很不妙。

「他們在南洋徒有領土沒有主權，一直渴望著眞正的權位，把你和那座小島一起奉上，那個自命天子的老頭子一定很高興。」連海聲長指在半空旋過一圈，同時間，腦中的計畫也大致抵定。

「咦咦？」

「你不是要繼位家主？我有說錯嗎？」

「你答應讓我回去接班嗎？……啊啊，不對，請不要隨意把好朋友當成肉票。」

「我怎麼不同意？你拿下林家，不就等同林家是我的？」連海聲燦爛笑道，美得讓林和家一陣戰慄。

「好吧，祝完壽，你要做什麼？」

「做什麼？不就是報仇？」

連海聲從商敏口中確認主謀後，就傾力搜羅老家的消息。童家出身的老太婆正帶著她的寶貝長子出外參加國際盛會，想從亞洲諸國公主找個佳麗當太子妃，打破四姓聯姻的傳統。原本貼身治療老頭子的袁家老大爲了某件事遠行，老頭子身邊無強人，這是千載難逢的好機會。

但這也是唯一能救吳以文的機會，兩者只能取其一。

「我父親生性多疑，我向他舉報醫官袁家謀逆，袁思雅故意不治好他的病，便於日後政爭袁家上位。那老頭或許不敢動袁思雅，但絕對會清算他底下的組織，你等著瞧。」

「你選小文啊……海聲，你真的是個好媽媽。」林和家眼眶泛淚，連海聲叫他去死。

「然後？他們會怎麼對付你？」

連海聲吁口氣，林和家也知道這行動的缺點，真正獻祭的祭品可是大美人自己。既然那裡是大禮堂爆炸案主謀的所在地，五年前沒殺成，當然會再殺一次。

「不行，我不同意你去送死。」

「阿家，你幫幫我。」

連海聲輕聲哀求，林和家完全被踩中死穴。

「可是沒有你，小文怎麼辦？」

除卻一年空窗，這些年來朝夕相處，連海聲已經習慣轉頭就能看見那個男孩子，一步一步向他靠近，露出淺淺的笑容，眼中只有全然的喜愛。

沒有人想放開到手的寶物，只是再執著握在手上，男孩會跟著自己一起碎去。

「我閉上眼都知道那孩子會痛，但我能怎麼辦？我已經丟失他兩回了，這次要是再保不住他，我活著還有什麼意義？」

今天是特別的日子，吳韜光穿上西裝，到糕餅店點了一個看起來沒那麼甜膩的蛋糕。在他記憶中，妻子和那小子總是在廚房開心做甜點，可他又不喜歡甜食。

「先生，請問這是買給誰的？」

「十七歲，我兒子生日。」吳韜光反覆對照戶口名簿，確定無誤。

吳韜光提著蛋糕，大步邁向中醫診所，腦中充滿美好的想像——吳以文跟他回到那個空蕩蕩的房子，整理好沒有女主人的屋子，煮飯給他吃。而且有人顧著那個家，他就可以再去牽幾隻退休的警犬回來養。

還有，他考慮辭去警職，找個穩定的工作，把重心移回家庭，重新當個好父親。

只是吳韜光剛到診所就碰上不小的阻礙，那個娘娘腔醫生抖著手腳擋在他面前，說什麼還不是時候，但又不肯表明何時才能治好，沒來由讓他想起那間精神療養院的該死白袍。他對醫生不信任就從那時候開始，把小孩交到他們手上，他們卻沒把人還給他。

「讓開，在我折斷你脖子之前。」

「拜託，他現在的情況不可以離院！」

「他要活命，就該乖乖待在我身邊。」吳韜光想親自保護吳以文，可是在李伊生聽來卻和其他病患家屬沒兩樣，仗著照顧者的角色，花錢出力就可以對病人爲所欲爲。

「你們怎麼可以這麼自私！」李伊生氣得大吼，可是力氣不如人，被吳韜光隻手推到一邊去。

吳韜光心想，自雙親死後，他從來沒過過生日，卻幫吳以文買了蛋糕，怎麼說他自私？

他進房，見吳以文靠坐在床頭，大概住院久了，男孩看起來又比先前蒼白不少。

吳韜光直接過去拉人：「連海聲不要你了，跟我走。」

吳以文連著搖頭。

「就跟你說了，他連夜跑路去南洋，早就不在了。不過他留了一百萬還是一千萬給你治病，也算是相識一場。」

吳以文仍是無動於衷，沒有起身的打算，把吳韜光晾在床邊。

「五年前他把你扔給我，之後他有來看過你半次嗎？少在這裡跟我鬧！」長輩都開罵了，吳以文應該誠惶誠恐賠罪，他卻用無禮的姿勢抬眼掃過吳韜光；吳韜光被這一眼激起脾氣。

「原來你記得。」吳以文的回應像機器一樣毫無起伏。

「你這是什麼態度！」

「我不會，再作夢了。」

吳韜光格外焦躁，總覺得吳以文變了個人，不是他唯唯諾諾的小徒弟。

「你不要任性，你看，我給你買了蛋糕。」

吳以文盯著紙盒好些會，然後用力咬字反問吳韜光。

「為什麼？我跟你，又沒有關係。」

「你這小子今天是吃錯什麼藥？竟然對你師父沒大沒小！」

「你教會我保護人的武術，我很感謝，可是我已經，不需要了。」

吳以文伸出右手，當著吳韜光的面，用另一隻手把它折斷，啪答！

吳韜光按住吳以文肩頭，激動大叫：「你在做什麼！」

吳以文沒有停止，又扳斷一雙腳踝，像個斷線娃娃般垂掛在床頭。

「死，也不跟你走。」

吳韜光被吳以文決絕的態度給嚇傻了，不懂男孩爲什麼要這麼做。

「我不要你，當我的爸爸。我寧願，沒有爸爸。」

「爲什麼？」吳韜光發懵的腦子只擠得出三個字。

「你說要當我爸爸，所以我努力讓你喜歡，希望你能愛我，我可以做得比別的孩子更多。以後長大，會讓你爲我感到驕傲。」

吳韜光耳邊依稀響起稚氣的童音——我長大要像師父一樣，當英雄！

然而他卻記不起來，什麼時候開始，那孩子不再睜大一雙眼睛，崇拜地望著他，臉上失去孩童該有的笑容。

「訓練很痛，我的傷，好得快，沒關係。可是，你喝酒，笑我這種認識沒多久就會叫『爸爸』的人，最沒有尊嚴了。我真的，很痛。原來，你看不起我，是孤兒。」

「那是……醉話，事情都過去了。」

吳以文頭痛欲裂，用力按著頭，幾乎要壓制不住狂躁的情緒。那個人已經不在了，不會回來了。

「你，活該沒有孩子。」

吳韜光盛怒地一巴掌下去；吳以文沒有閃躲，眼角和嘴脣滲出血來。

吳以文流著血做的淚，延續他的控訴：「你說要當我爸爸，卻拋棄我，你活該！」

「我沒有拋棄你！等我趕回療養院的時候，你已經不見了！」

「你不是說要當我爸爸？爲什麼要把我丟掉！」吳以文伸出僅存的左手，緊揪住吳韜光的領口，又哭又叫。

一會抵死不認，一會又哀怨祈求，吳韜光終於發現吳以文精神狀況不正常。他想要出去叫醫生，吳以文卻死抓著他不放。他使勁掙脫開來，拉扯之間，吳以文狼狽摔下床，全身扭曲地伏在地上。

「你不是我爸爸！我沒有爸爸！我恨你、我恨你！」

李伊生聽見疑似打鬥的聲響，衝進病房，把吳以文扶回床上。他看吳以文動作有些奇怪，仔細檢查才發現他四肢斷了三隻，一把火竄上胸口，挽起袖子要跟吳韜光拚了。

「吳先生，有話好說，你爲什麼要斷他手腳！」

「不是我幹的。」

「咦，也就是說……」李伊生回頭看向吳以文，吳以文只是把臉埋在被子裡，傳來微小的抽泣聲。他沒有質問吳以文爲什麼要傷害自己，轉而和聲問道：「小文，會痛嗎？」以往吳以文沒理會過他，這回卻破例回話：「醫生，痛。」

李伊生先把吳以文脫臼的手腳接回去，摸摸他的頭，再把怔著的吳韜光帶出去談。

吳韜光滿臉憔悴，好像突然老了十歲。

「他那時候還那麼小，我以爲他忘記了，原來他都記得一清二楚……」

「小孩子記性比較好。」李伊生呼口氣，他知道吳以文病情癥結所在了。

「醫生，我只有這個孩子，他也不要我，那我這輩子還剩什麼？」吳韜光淌下熱淚，李伊生不知道該怎麼回答他。

他姊姊曾經有個小養女，所以李伊生可以體會親生子與養父子的差別，那必須是雙方互相認可才能建立的關係，不像血親可以任性妄爲，父母看不過孩子的劣性可以收回施恩；相對地，得不到親情撫慰的孩子也能捨棄父母。

這種事無藥可醫，李伊生只能笨拙地勸慰哭得像個孩子的吳警官。

吳韜光黯然走後，李伊生回到借用姊姊房間的病房，可憐無助的小病人已經坐起身，神色平靜如昔，彷彿剛才斷絕父子關係的爭執與淚水只是一場肥皀劇。

「小文，你爸爸回去了。」

吳以文走下床，把地上遺落的蛋糕撿回來，兩手環抱在身前。

「醫生。」

「什麼事？」

「如果我是正常的小孩，就好了。」吳以文垂眸凝視著蛋糕紙盒。

李伊生會意過來，剛才吳以文的表現只是淺層情緒的誇張化，即使恨也沒有那麼恨，內心深處把得不到幸福的原因歸咎到自己身上。

「你一定會好起來的，應該說，你本身……」

李伊生沒再說下去。因爲生來就是錯誤，怎麼努力也不可能得到幸福。

「小文，你打算做什麼？」

李伊生本以爲這次也只會得到沉默的回應，吳以文就像睡著那樣靜坐在他面前，以至於李伊生不確定少年是否眞的有發出那聲輕語，還是自己幻聽——

「報仇。」

他已經一無所有，再也不須忍耐。

七、全面追殺

他們費盡心神，終於揪出醫院內部洩密給國際組織的「小偷」。

都怪他們被刻板印象誤導，鎖定流動率高的行政人員或基層護理師調查身家背景，沒有料想到內賊會是個「醫生」。因爲她的岐黃之術的確頗高明，加上哄老人家很有一套，甄選進來不到一年就成了傳統醫學科最受歡迎的門診醫師，一般間諜很難做到這個地步。

他們怕她逃脫，就在日間看診的時候帶了人馬衝進去架住她帶走，引得無知民眾一陣騷動。他們安排的內線立刻傳出女醫師好賭欠下高利貸的謠言，人們立刻轉了風向，說女醫生罪有應得。

如此處理得盡善盡美，但袁院長還是很不高興，醫院是黑白兩道認定的非戰區，用眼神斥責他們破壞規矩。

「我們京司重家就是幹雜事的，不懂規矩。」穿著黑色緊身衣的年輕女子輕佻地頂撞堂堂四姓家主。她把人帶到院長室，沒直接解決掉內賊已經算客氣了。

「阿寧，妳怎麼越來越像恩柔？」袁院長像是訓斥不懂事的小妹妹，黑衣女本來沒在怕他，沒想到他會拿出一支錄音筆，按下播放鍵。

——**阿寧，跟小闇哥哥一起叛變吧，哈哈哈！**

「啊啊啊！」黑衣女頓時花容失色。那是遊覽車案她與殺手的通話，超級黑歷史。

「鬧故意抹黑我，絕對是栽贓！」

「看在這個份上，妳姑且把人交給我。」

黑衣女這才不甘願地叫手下放開梨花帶淚的女醫生，把她的人帶出院長室，留給對方動私刑的空間。臨走前，她還是本著私交多話幾句。

「嘖，這事最好速戰速決，老家那頭不平靜。」

「我知道。」

關上門，房間就剩兩個白袍。

袁院長看著女醫生瑟縮的背脊，不冷不熱地開口：「眞心佩服，李永遠檢察官。」

女醫生停止哭泣，緩緩抬起那張透出堅韌的面容，不存有一絲女子的脆弱。

她突然暴起，抓住他肩頭往辦公桌撞去。袁院長因爲衝擊而倒在桌面，當她要抽出腰間的小刀，胸口卻被刺了下。她看著刺穿她皮甲的銀針，暈眩襲來，隨之跪倒在地。

袁院長重新站直身子，挪好被打歪的眼鏡，好像沒被偷襲得逞過，回到剛才的對話。

「妳行事大膽縝密，實在是難得將才，尤其妳犧牲休息時間，不吝惜將祖傳醫術教導有志後生，我代表醫院感謝李大夫的無私指導。」

「少說廢話，要殺要剮隨便你！」李永遠雙腳脫力，怎麼也站不起來，但沒有半點示弱的打算。

袁院長抓了下亂髮，進入正題。

「妳不是一個人行動，妳背後的匿名組織『無雙』，成員有誰？」

李永遠冷笑了聲：「說出來，嚇死你。」

「妳們一群小女生扮家家酒，太危險了。」袁院長微聲的感嘆比任何咒罵都要來得羞辱人。

「袁思雅，你罪大惡極，一定會有報應。」

袁院長不置可否，只是用睡眠不足的語調喃喃自語。

「妳弟弟如果少了手腳，妳作爲親姊只能就近照顧他，之後應該就會安分點吧？」

「你敢！」李永遠無所畏懼，但聽到這混蛋要傷害她家人，勃然變色。

「很遺憾，因爲妳的行爲冒犯了『我們』，礙於規矩，我只能讓妳生不如死。」

「同樣地，你殺了我女兒，我一定要讓你付出代價！」

「她出生時才一千多克，妳能把她養到三十多公斤，和我女兒一樣，很健康。」袁院長兩手做出掂量的動作，好像他口中的孩子沒有被卡車輾斃一樣，李永遠眞覺得這人是個瘋子。「妳口口聲聲說要報仇，卻只想把我繩之以法，眞是天眞。」

李永遠也知道要動這人有多麼不容易，但正所謂冤有頭、債有主，以傷害他妻小來傷害他，只是卑鄙地走捷徑，她做不到。

袁院長輕聲呢喃：「所以妳還是個人，太好了。」

診所休息時間，李伊生在煮他配製的第二十四帖藥湯，因為他不放心讓病人獨處，把午後愛睏的吳以文叫來廚房打盹，就近看顧。

門鈴大響，郵差喊著掛號，李伊生手忙腳亂衝出去。被吵醒的吳以文起身將爐火轉小，又拿起平底鍋，煎蛋做下午茶。

李伊生收到兩封信，一個是海外包裹，打開來是個頭毛綁著魚骨頭的貓咪土偶。他猜想土偶是要送給少年的禮物，便把東西遞給吳以文。

「只有一隻？」吳以文從土貓咪手爪的接痕，判斷還有一隻大貓貓。

李伊生聽見吳以文質問，趕緊清出包裹內裡，沒找到另一隻土偶貓，倒發現一張寫著驚人數目的支票，票面俏皮寫著「生日快樂」，署名為林和家。

「這個是？」

「叔叔。」吳以文把土偶貓深深按在胸口。林和家許給他一個希望，對他彌足珍貴，只可惜太遲了。

李伊生打開另一封信，是一張照片，他姊姊的照片，全身上下只剩內衣褲，被囚禁在監牢裡。他全身都在發抖，翻過照片，後頭以印刷字標明——**南亞醫院，速來，獨身，不可說，否則死。**

「小、小、小文，你先顧家，跟爺爺說，我出去……買、買瓶醬油。」李伊生試圖保持冷靜，吳以文默默看著手中的醬油瓶。

李伊生脫下白袍，奔出診所，踩下自行車踏板，明知前路是深淵也奮勇向前。

他一到南亞醫院，立刻被一群面無表情的白袍包圍，帶到頂樓院長室；落地窗前站著白袍人的頭子，十分俊雅的男人。

白袍人退下，從軟性挾持解脫的李伊生緊張得幾乎站不住，只能眼巴巴看著對方，希望袁院長先說點什麼。

「要救你姊姊，就用他來換。」

「誰？」

「你的病人。」

李伊生怔住，好一會才回過神。

「那個，你是對他下毒的人嗎？能夠這麼精準控制腦神經用藥，我想一定是很厲害的醫生。」

「交出那個男孩。」

「那個，我想跟你討解藥。你真的很厲害，他的毒症我怎麼也治不好。」李伊生笑得無比卑微，似乎在自嘲不如人的醫術。

袁院長淡然回答：「那是未有人體試驗的試劑，沒有解藥。」

「這眞是……太遺憾了……」李伊生用力握緊十指，絕對不能露出安心的笑。

「他眞的什麼也不記得了？」袁院長沉聲追問。

「嗯，小文全忘記了，可憐的孩子，你們就放過他吧？」

「我必須確保他不會供出我的罪行。」

「你是說，活殺一千個孩子這件事嗎？」

袁院長那雙眼本就偏大，聽見李伊生直指罪行，他眼珠子猛然凸起，幾乎要掉出來似的，有些駭人。

「醫學界風傳這事五年多了，你們研究室活體數目龐大，帶不出海關，怎麼能一夕平空消失？我以爲那只是對你們人體試驗的誤解和攻擊，將部分『實驗品』不得已的犧牲誇大成全部——我還試圖爲你們辯解，姊姊就可以不用那麼恨了。但全部屠殺？也就是說，那些孩子就這麼毫無意義地死去，和廢棄物沒有兩樣。」

「是的。」袁院長不帶感情地承認。

「那你要我怎麼把小文交給你？你知道對許多人來說，他非常珍貴嗎？爲了他哭泣、祈禱他康復。那孩子已經是社會的一分子，不再是任由你們宰割的活體動物。」

「既然你都知道，這下子，我不能放過你了。」

「既然橫豎都會死，我也就失去人質的意義，要殺要剮隨便你。」

這一刻，李伊生和李永遠在袁院長眼中重疊起來。

「我喜歡那孩子，不想他受到傷害。袁醫生，你是我敬佩的前輩，你穿上白袍難道不是爲了救人嗎？」李伊生問得平靜，沒有使用強烈的字眼，卻比煽情的言詞更加有力。

袁院長聽了，在眼神洩露出情緒前，用力閉起雙眼。

吳以文撿起李伊生落下的威脅照，對於醫生哥哥脫線的行徑無言以對，要不是他穿著白袍，眞的很想養下來。

時值午後三點，街道卻安靜無聲。吳以文聽見主臥房老人起身的聲音，低聲往房裡提醒：「阿春阿公，那些人來了。」

「你把門窗關起，就不信那些人敢把我家轟掉。」

「不，我要出去，阿公再見。」吳以文把準備好的武器帶上身。

老大夫打開房門，沒有穿醫師袍的時候，和街上尋常老人家沒有兩樣，嗓子也像安養院的老者一樣寂寥。

「小文，要再見喔。」

吳以文向老大夫深深一鞠躬，感謝多日以來的照顧。他不能久留，搶在敵方發動攻擊前，奪門而出。

天氣不好，烏雲密布，風起，開始落雨。吳以文沿著住家騎樓奔跑，躲避上空的監視。槍聲隨著雨聲，滴、答，追趕他的腳步。

電話鈴響，吳以文調整呼吸，接起童明夜的來電。

「阿文，不好了，天海人馬被撤走，我馬上過去，你等我！」

「明夜，保護阿春阿公。」

「啊？怎麼有雨的聲音？你不在診所嗎？」

吳以文想了又想，情急之下只想得到一句告別的話：「要當隻好貓。」

「你不要這樣，好像要去送死的樣子。」

「被找到了，沒辦法；很想再跟你和律人一起當人，可是沒辦法。」

童明夜沉默良久，不得不指出吳以文的盲點。

「阿文，你不是失憶、不記得我們了嗎？」

「我不是好貓。」吳以文坦認罪行，「爲了自己，讓你們傷心落淚，壞透了。」

「你明知我不會怪你，我們是兄弟啊……」

有兄弟就不是孤子了，如果可以，吳以文也想一直扮演下去；只可惜，不是眞的。

「我想要明夜當我是好大哥，明夜的哥哥，眞的是很好的孩子。」

童明夜失手摔了手機，結束通話。

吳以文無法多想童明夜的心情，只是盡全力跑出社區人們活動的範圍，來到新建的公園。他躲在石製大象溜滑梯下，確認過附近沒有人類和小動物，拔出黑槍。

他聽見嗡嗚聲，往上方看去，敵方派出無人機打前鋒，可能是忌憚他的近戰能力，不想再白白折損人員。

吳以文才扣上扳機，無人機就被搶先擊落。這一槍主要是讓他知道，就算全世界都離他遠去，還有人守在他身邊。

「出來，你逃不了的！」

公園前集結三部卡車，用巨大的車身封鎖住吳以文的去路。其中有台車前不久才換過擋風玻璃，就是月前將他輾出滿地血的那台。

陰冥不相信他眞有出車禍，因爲她潛意識不願相信自己父親會去傷害一個孩子。當她質問他時，即使傷口好了，斷開的骨頭也復元了，吳以文就是痛得難受。

但這也是他活該，以爲自己眞成了人，匹配得起明珠。

吳以文從口袋掏出摺紙，往敵方可見的視野拋去，先是一隻魚，再來是小鳥，東北風揚起，小鳥與魚兒翩翩飛往空中。

趁人被小物吸引注意，他猛地跳出，射倒前排兩人，隨即閃避回原處。

敵方領頭的黑色緊身衣女子爲了救治受傷的同伴，不得不發號司令，再叫兩名手下將傷者帶離，包圍網出現微小的空隙。

「你出來，出來我保證不傷害你。」

「阿寧。」吳以文柔聲喚道，黑衣女子蒙面下的臉皮一抽。

阿寧很氣，被年紀比自己小的男孩子直呼其名是一回事，可惡的是目標物故意叫得那麼親熱，她身旁的組員很難不懷疑他們兩人的關係，但他們之間完全沒有私情，而且每次見到這小子她都被打得很慘，恨不得扒開他的皮。

「別中他的計，小心了。」阿寧沉聲向手下囑咐。

「要小心的是妳，妳眞的知道我是誰嗎？」吳以文學著殺手戲謔的口吻說話，阿寧不由得又抽了下臉皮。

「我監視你好幾個月，知道你擅長模仿他人，不要想對我耍心機。」

「憑你們要活捉我太難，但我死了，你們要如何向『那一位』交代？」

阿寧認爲吳以文在故弄玄虛，反問他：「哪一位？」

「太子和太女，妳選哪一邊？」吳以文冷不防提起南洋現在最是禁忌的話題。

「你究竟知道什麼！」

阿寧失態大吼。組織的強大來自於「未知」，洞悉他們運作祕密的人都必須消失，像是五年前隻手遮天的延世相，在螢光幕前對南洋帝國綻放出輕蔑笑容，毫不留情批判他們陳腐的體制，至今他們仍對他恨之入骨。他和世人不一樣，他對平陵四姓無所畏懼，所以在他察覺到南洋眞正的陰謀以前，老大就下令殺了他。

「我什麼都知道。」

這句話十足挑起阿寧的神經，在肩上架起火砲。

「那麼你也只能去死了！」

火砲炸向大象，要把吳以文逼出碉堡。沒想到這一炸，白粉四散，平時不作飯的特務不會預料到有人會帶著太白粉逃跑。

阿寧心一涼，莫名聯想起五年前慘死的同期訓練生，臉上也是抹滿白粉，像是被宰殺的畜牲躺在流理台上。屍體腹部縱開一個大洞，裡頭塞滿雞蛋、酸菜，各種生鮮。闇看得嘖嘖稱奇，豈推判當時凶手已經精神失常，因爲某種原因無法逃脫這屋子，只能一邊殺人一邊淒厲求救。

因爲是老大的屋子，老大出手解決凶手，卻沒有屍體。

闇笑著問：妳有聽見那孩子的求救聲嗎？「媽媽」。

阿寧回過神來，對於這樁五年前的懸案不敢再多想下去，命人拿出熱感偵測儀，下令發現目標一律射殺。然而，男孩卻藉由煙霧遮掩，比儀器早一步，在阿寧面前赫然現身。

阿寧想抽刀，時間仍是晚了。吳以文扭住阿寧脖子，將她反制作爲自己的盾牌和人質，用以對峙懸殊的局面。

阿寧咬緊牙，下達指令：「別管我，開槍！」

吳以文奪取阿寧身上的槍，三方掃射，先發制人。

阿寧本以爲一把小槍撐不了多久，沒想到當吳以文耗盡子彈，卻帶來另一波火力更加強大的射擊。

「哈哈，阿寧小寶貝，妳看看妳那個樣子，要嫁人啦！」殺手發出笑語卻不見人影，只能判定他的位置可以清楚看見吳以文單手把女子要挾在懷中的樣子。

「闍！」阿寧咬牙切齒，看這態勢，殺手早就在這裡埋伏等待。

「寧寧喲，妳就是太愛人海戰術，現在才會慘兮兮，跟帥氣的小闍哥哥學著點。」

「你去死、你去死、你去死！」阿寧在吳以文懷中奮力掙扎，任務都拋過一邊，今天不斃了這賤人她誓不爲人。

吳以文抽出袖針從阿寧後腰扎去，阿寧立刻軟麻倒下。以前吳韜光都教他用拳頭制人，這是和白貓阿公學來的針灸技術。

「小貓咪，大哥哥數到三。」

當殺手喊下「一」，吳以文抱起阿寧，全力逃出砲火交鋒的戰場。

阿寧手腳無力，只能用僅存的脣槍質問男孩的身分。

「你到底是誰？明明是必死之人，爲什麼三姓家主都要留你下來！」

「古董店店員。」吳以文只承認這個身分。「阿寧，妳有南亞的識別證？」

「混蛋東西，只有地位和資歷比我高的前輩才能叫我『阿寧』！」

吳以文從口袋抽出一張照片，阿寧看得瞪大雙眼。那是上次組織謀劃綁架白領院長，吳以文擒住她之後，借用楊中和手機拍下的裸照。

所以說，吳以文從一開始就打算引出她，而非被她追殺，阿寧好不甘心。

「東西在哪裡？」

「胸罩裡啦！可惡，我一定要宰了你和那個眼鏡小子！」

李伊生被扔進精神科的特殊病房，就關在李永遠隔壁。

雖然看不見對方，但約莫雙生子心有靈犀，李永遠往隔間呼叫出聲。

「伊生？」

「姊姊！」

「你怎麼會在這裡？」

李伊生試著以幽默感緩和他們姊弟眼下的窘境，乾笑道：「看到妳露乳照就來了，這麼好的身材，沒有男朋友太可惜了。」

「關你屁事！」李永遠勃然大怒。

「姊姊，我們會被挖掉器官嗎？」李伊生往隔壁牆靠過去。

「不知道，他們只說要打斷你手腳。」

李伊生接下吳小病人後，三不五時被撂狠話，膽子稍稍被養大，只抖了兩下。

「伊生，對不起，還是連累到你。」

「沒關係，我喜歡姊姊。」李伊生柔聲回道，說得自己有些不好意思。「我這次開業賺到了地契和房子，還有近千萬的佣金。我想用這筆錢改建診所，挪出一個小兒科的診間給妳。南亞應該會把妳辭退吧？妳回來，我們可以和爺爺一起照顧整個社區的人們。」

「你都知道了？」李永遠低聲回應。當初放棄家業離開，差點把祖父氣出病來，她弟卻只是默默承接她的責任，不曾怪過她一字半句。

「病人常會私下比較醫生，他們說南亞出了個美女中醫師，對小孩子親暱叫著『小豆子』。小荳是我的外甥女呀，我怎麼會忘了？」李伊生聽見病人之間的家常話，很難不想起他姊姊。

「弟，我什麼都沒法幫她，我好不甘心……」

「我明白妳無能爲力的心情。」李伊生垂眸想著那個總是忍痛不說的小病人，他到最後也沒有幫上吳以文任何忙。

李伊生才想著，砰的一聲，門板的電子鎖被子彈貫穿，吳以文破門而入。

「小文！」

「醫生，腎還在？」

李伊生看著信步走來的吳以文，忍不住熱淚盈眶。

「你怎麼會來？這裡很危險！」

「我知道，我要來救醫生。」

救人是醫生的天職，但當有病人扛著槍，帥氣地反轉保護者的身分，李伊生願意無條件醫治吳以文一輩子。

吳以文用同樣的手法救出李永遠，李永遠看著他，就像看見無緣長大的女兒。

「就結果來說，你還是來了。」李永遠嘆息，帶著命運不可違的無奈。

「我會結束這一切。」吳以文將槍交給李永遠護身，又望向醫生哥哥。「對不起，騙了你，是我想要忘記過去。」

吳以文和一般社會大眾不同，對醫生這個職業沒有抱持任何高潔形象的幻想，以爲那是一群趁人之危、危言聳聽、自居道德高點而縱容私德不檢的技術士，除了華杏林，他不相信穿白袍的人。

但李伊生不是，一心想治好他，發現他裝病，又想知道他爲什麼要裝病，幾乎要診斷出他眞正的病因。

即使賣力追查大東亞研究中心五年的李永遠就在旁邊，李伊生仍是溫柔笑了：「忘記就忘記吧！」

吳以文忍不住想起另一位還躺在床上的女醫生，也是這麼全心爲他著想。

「伊生，你是個好醫生。」吳以文由衷道謝，然後被集結而來的警衛帶走。

「小文！」

若只有李永遠一人的話，她一定會追上去硬碰硬，但她不能不顧及李伊生的安危。警衛沒有理會他們，表示袁院長下令要放他們走。這種破天荒的寬容代表他們有埋藏眞相的自信，大概明天過後，相關人士都不會存在於這塊土地。

「伊生，別哭了，跟我去個地方。」

李伊生抹乾淚，看李永遠從胸罩抽出一張晶片卡。

吳以文被帶到頂樓院長辦公室，電話聲、新進郵件的訊息聲不斷，有種山雨欲來的壓迫感，站在窗邊的袁院長卻沒有打算理會，只接起口袋的手機。

「阿寧，人在我這裡。是，我知道老家那邊要我回去報告，但是我不打算回去。」

「皚，你什麼時候和闇一樣瘋啦！」

「或許是吧？」袁院長關掉手機，與吳以文對上視線。「你來了。」

吳以文看著他，十多年來，這男人的容貌幾乎沒有變化，那身白袍，以及那雙用厚重眼鏡掩飾的無神大眼。

但這次和上一次不同，吳以文不再轉身逃開，舉槍瞄準白袍男人的心口。

袁院長似乎沒看見吳以文手上那把槍，緩步走來，白袍隨風揚起。

吳以文遲遲扣不下扳機，索性棄槍，全力撲抱住對方，往落地窗台衝撞上去，兩人在十八層樓的高處扭打，僵持不下。

「醫生，你爲什麼，沒有來，救『我們』！」

「他們」之中、在這世上，只剩吳以文獨自控訴這男人的背信。

——自懂事以來，他睜眼所見就是一片白。

實驗室的孩子不知道父母，只認得「醫生」。大部分穿白袍的只是實驗人員，這個男人才是他們口中的「醫生」。只有「醫生」會和他們說話，不舒服的時候醫生會摸摸他們的頭，還會跟他們報告自己要「回家」看女兒。

醫生最常來他們實驗室「巡房」，因爲住在他隔壁的孩子很特別，只有那孩子有「爸爸」會來探望。醫生喜歡和那孩子聊心事，常帶著板凳和便當坐在牢籠外，喋喋說起自己的家庭生活。

「我女兒比你們大一歲，就像珍珠一樣美麗。」

醫生拿出照片給那孩子看，那孩子又把照片傳給他。

「你看，眞的很可愛。」

「很、可、愛。」他看著照片中女孩快樂的小臉，只能呆呆複誦著那孩子的話，醫生朝他開心地笑了。

「醫生，我可以和她結婚嗎？」

「什、什麼？那個，如果冥冥喜歡的話……」

「那就說定了，你要當證人喔！」那孩子笑著望向他；他點點頭。

不知道爲什麼，醫生不再來了，只剩下白袍人，常常連水也不肯配給。那孩子悲傷地告訴他，醫生可能把他們忘了。

那孩子的「爸爸」出現，說這裡不能再待，近日會來接他「回家」。

他以爲這是好事，那孩子卻沒有笑，叫他過來，從柵欄伸長手，緊緊握住他的手。

「你不要怕，等我出去，我會回來帶你走，不會丟下你一個人。」

他對外頭的世界全然無知，只是一股腦相信那孩子口中的溫柔美夢。

然而，他從睡夢中驚醒，聞見濃烈的藥味，從空調源源不絕襲來。那孩子昏迷過去，他卻不受藥物控制，聽見腳步聲接近，只能跟著閉上眼睛。

白袍人戴著面具過來，把他們抓起裝袋，扔進廢棄物處理口。他聽著機器隆隆作響，刺耳的絞碎聲越來越近，就要輪到他時，一陣天搖地動，機器停止下來。

他抓破塑膠袋，爬出染滿血的扇葉縫隙，在垃圾場穿梭翻找，小聲叫著「哥哥」。

沒有人回應他，直到他認出一隻從破袋伸出的小手，似乎想要求生呼救。

他過去拉起那隻手，卻感覺不到熟悉的溫度；扒開袋子，只見一雙不瞑目的淚眼和支離破碎的地獄。

他只能抱著碎去的美夢，絕望哭號。

——醫生、醫生，救、救人……

可是沒有人來救他們，沒有人。

「你，該死，罪該萬死！」吳以文咬牙說道，連牙關都克制不住恨意而顫抖。

袁院長沒有辯解，只是靜靜聽完吳以文的指控，確認這男孩子清楚記得親身經歷的所有事。

「你一定很痛苦對吧？你可以忘了它。」

「我有重要的人，不准你奪走我的記憶！」

當藥效發作，許多塵封的痛苦翻騰出來。造成他頭痛的不是身體上的痛處，而是過往情感上的衝擊與大腦連結，讓他腦海充斥鮮血與死亡——那孩子的屍體、與他清醒之後，滿屋子的屍首。垃圾就是垃圾，再也當不成人了。

可是再怎麼受盡折磨，也比不過那人輕笑的身影，無論如何，絕對不能忘記。

袁院長一聲嘆息：「如果你能忘記，我再也沒有必要殺你；你就能活下去了。」

吳以文著實怔住，不願意接受這個溫柔的說詞。但剔除掉情感面，這人對自己的所作所為全都變得合理。找到他卻不殺他；抓了他卻不殺他；到現在，這個白袍男人全身上下仍是找不出半分殺意。他和這人交手過，知道他要除掉自己很簡單，在於這人想或不想。

「把那些全忘了，你就能像普通的少年活下來；只要活下來，就還有機會創造美好的記憶。」

「虛僞！」吳以文勒住對方的白袍領子，袁院長仍說著自以爲是的漂亮話，甚至還厚顏無恥地伸手摸了摸男孩的軟髮。

「看看，你都長這麼大了，多麼好的孩子，勇敢、堅強，誰看了都喜歡。」

吳以文喉頭嘎嘎出聲，幾乎要崩潰開來，就因爲這些話全都眞心不過。

「對不起，都怪我太軟弱，我害怕爭權、害怕傷害到人，我寧可埋頭做研究，讓人架空我的位子。六年前，我接到太子口諭：老爺病危，要我回家鄉待命。等我趕回來，研究中心，還有那個逃脫的小女孩，全部被『銷毀』，無一倖免。」

袁院長淌下斗大的淚珠，把壓在他身上的吳以文反擁入懷。

「眞的很抱歉，都怪我無能，我本來以爲我能給被家族拋棄的孩子們一個容身之地，卻沒能保護好你們……」

吳以文記起陰阿姨說過，陰冥笨拙的地方像她父親。這個人的形象在他眼中突然不再是下令殘殺幼子的冷血魔鬼，而是學姊的爸爸。

「現在還有一個法子，只有我知道你眞正的身分，只要我……」

砰的一聲，槍聲打斷醫生的話，殺手扛著長槍現身。

「小emphasis，放開那隻小貓咪！」

吳以文忍不住大喊：「乾爹！」

殺手可以感受到小朋友流露出的眞情，對吳以文笑了笑。

「我知道你冷血也只能冷一下，別人說幾句好聽話就心軟。乖乖到一邊去，你在那個爛實驗室被欺負了吧？我幫你開兩槍出氣。」

吳以文說不出話，袁院長替他把難言之隱說出口。

「闇，他不是你的小孩。」

「好笑，我怎麼會認不出來？」殺手望向吳以文，瞇起雙目。「你說是吧？」

「對不起……」吳以文哽咽著聲音，讓殺手很不高興。

「小寶貝，你道什麼歉？」

「你都會來看他，跟他玩……我在隔壁，知道你是他爸爸……可是他一直等，你都沒有來救他……我以為你不要他……我要幫他報仇……」

殺手拔高音笑道：「你在說什麼？我聽不懂呢！」

「乾爹，我會當明夜的哥哥，所以請你……」

吳以文深吸口氣，幾乎要號啕出聲。

「請你，不要哭……」

殺手右手以扭曲的姿勢抹上臉，沒擦下噁心的水珠，卻抓出一臉血痕。

「嘖，所以我費盡心力保護的垃圾是冒牌貨？」

「是，他和你沒關係，你快收手吧？」

「我的孩子呢？」

「已經沒有了。」

砰！猝不及防，袁院長右肩冒出血洞，子彈的衝擊力使他踉蹌踩空，橫倒窗台上，搖搖欲墜。

「我的孩子沒了，你怎麼不去死！」殺手眼紅似血，咧開猙獰的白牙。

「不要！」吳以文急忙去拉殺手的袖口。

「垃圾果然是垃圾。」殺手甩開吳以文，不再有半分溫柔，眼中淨是厭惡。

殺手往落地窗追加一記子彈，破窗的衝擊力讓重心不穩的白袍醫生完全失去平衡，往下滑落，只剩左手攀抓在窗邊。

「來，我教你怎麼更垃圾。他死了，你趁虛而入接近他女兒，失去父親的少女不知道有多脆弱？到時候她整個人就是你的了。只要他死了，就再也沒人知道你是怎麼一個噁心的垃圾！」

吳以文恍惚讀取到剛才醫生未竟的話語——只要我死了，你就能當人了。

那隻手滑落開來，吳以文衝上前躍過窗台，半空中連著向上鳴槍，用反作用力加速下墜的速度，抓住昏迷的醫生。

三秒後，傳來巨響，砰！

一切塵埃落定。

尾聲、此情可待

冬雨冷冽，這種天氣，只會有壞消息。

昏暗的房間，電腦螢幕徒然亮著，陰冥明知她應該做點什麼，卻什麼事也做不了。

「叩叩」，落地窗響起細音，陰冥轉頭看去，還以爲看到鬼。

「學姊……」

吳以文揹著鮮血淋漓的男人，狼狽地伏趴在她家二樓陽台，陰冥衝去打開落地窗，不顧自己也被雨水打得濕淋。

「和好……」

吳以文的嗚嗚和雨聲混在一塊，陰冥好一會才聽出他是在向她求和。

「現在是討論這個的時候嗎？血好多……我爸怎麼會……你的手斷了對不對？很痛嗎？」陰冥自己也說不清話，不自覺往吳以文靠近，來到可以碰觸彼此的距離。

「對不起。」

陰冥停止動作，想起他們已經分手了。

「我接近妳，因爲妳是醫生的女兒。可是認識妳之後，不論我多麼笨拙和幼稚，妳總是包容我的不足。在妳面前，不用那麼好，也能得到關愛。我以爲，就算眞相再如何不堪，妳一定能接納我的一切。」

「你這個混蛋，眞把我當成小仙女？你這樣欺騙我，眞以爲我不會痛嗎？」陰冥用力嘶吼，就因爲眞心喜歡上了，所以才不能原諒。

吳以文用傷痕累累的右手撫住陰冥的臉龐，不辯解自己的罪行，只是哭泣。

「我知道自己殘缺，不該奢望人的幸福。可是，我想要跟妳在一起生活，到老。」

「你別說傻話了，我們不可能的。」殺人凶手的女兒和被害者，不可能會幸福的。

吳以文吃力地把陰冥攬到身前，就是不肯放手。

「小冥，我眞的，很想要一個家……」

陰冥咬緊牙，即便如此，還是沒辦法克制眼淚跟著流下。

吳以文看陰冥還是很生氣的樣子，再退讓十七步，祈求原諒。

「我不貪心，二十四隻就好……」

「說過多少次，我才不要和你生孩子！」陰冥不想這種時候還和對方外星腦波打架。

「小、貓、咪！」吳以文閉緊眼哭喊，完全語無倫次。

「少廢話，快把我爹地還來！」

華杏林已經醒來三天，身子還是很虛弱，只能在病床上吃喝拉撒。她眼睛有傷，不能看書也不能玩手機，快要無聊死了。早知道當病患日子這麼悲慘，六年前她一定會對重傷的大美人溫柔一點。

可是連美人後來有小孩玩，她沒有小孩啊，所以還是她比較可憐，贏了。

就在華杏林胡思亂想的時候，門板開啓，先是漫入食物的香氣，再來才是可口的男孩子，綜合以上結果，就是吳以文帶了飯菜過來探病。

因爲小朋友很習慣照顧病人（店長大人），華杏林完全不擔心吳以文的食物會犯醫囑，用紙巾擦好手就要開動。

以往吳以文送點心給她，總是東西一放下就飛逃回古董店，這回卻留下來，在一旁服務行動不便的她用餐。華杏林沒有大驚小怪，只是微笑著把飯菜吃光光。

吃完飯，吳以文還是沒走，從特大號的貓咪背包拿出金魚白釉瓶，然後解開他帶來的花材，認眞插起花來。

「怎麼不直接買花束？」

「太醜。」

華杏林忍不住大笑，小店員這種對美感的執著到底像哪一個帶過他的大人？

吳以文忙著手中的花藝，華杏林和他有一句沒一句聊著，期間護理師巡房看見男孩，忍不住問了他們的關係。華杏林開口前，吳以文早一步回應：「她是我小阿姨。」

華杏林知道吳以文身邊有不少「阿姨」，巧的是她們幾乎和他家店長都有過一腿。吳以文不過多加一個「小」字，頓時顯得她特別起來，難怪這孩子國文每學期都拿A。

華杏林覺得很高興，連傷都不太痛了，希望這個可愛的止痛劑能夠多留一些時候。

直到天快黑了，吳以文才起身告辭。走了又止步於房門口，看著華杏林，欲言又止。

「怎麼啦，小貓貓？」

「華醫生，對不起，我對妳不好，妳對我都很好。」

華杏林拿下眼鏡，對吳以文溫煦地笑。

「你排斥我也是應該。你老闆本來想把你託付給我。但我明知道你厭惡白袍，卻怎麼也不肯放棄這個身分，我沒有那個資格……當你媽媽。」

當華杏林看到連海聲再次抱回的男孩那副慘不忍睹的樣子，嘴上責怪連海聲，自己心裡更是悔恨非常。

「雖然那時知道你很痛苦，我還是強把你救回來，希望你能原諒我的自私。」

吳以文沒說話，只是上前輕擁住她。華杏林微笑著，任憑水珠在眼眶打轉。

「小文，對阿姨來說，你能活下來，眞是太好了。」

大東亞非法人體研究重啓調查，相關人員遭到起訴，引起社會一片譁然，連帶將醫界的道德倫理帶上輿論風頭。追求醫學進步的結果，究竟是犧牲少數生命換取多數人健康的福祉，還是虐殺多數弱小，以換得特定權貴勢力的延續？

同時間，南亞醫院也因爲內部問題停業。一切像是回歸正軌，只是李永遠搬回家至今還是拿不回自己房間，病人都好全了，但那三個該死的男孩子仍賴在他們家不走。而且說要期末考了也不唸書，只是忙著排演神經病話劇。

林律人深情吟詠：「哦，羅密歐，你爲什麼是羅密歐？」

吳以文口白說明：「因爲他的條紋是波浪狀的，像哈密瓜，所以叫羅密歐。」

童明夜：「喵喵！」

李永遠聽了差點折斷手上的針，李伊生恍然大悟。

「原來羅密歐是貓啊！」

童明夜喵完後，單膝朝林律人跪下。

「茱麗葉呀茱麗葉，妳爲什麼是茱麗葉？」

吳以文口白：「因爲她是全世界最美麗可愛的律兒公主，貓咪大廚的小寶貝兒。」

林律人答道：「喲呵呵！」

「阿人，你看永遠姊姊都要翻桌了，你這是什麼編劇啊？偏心自肥不打緊，但你偏心到連最基本的劇情都沒啦！」

「就說只是排演了，你有什麼意見？」林律人冷眼以對，公主殿下絕對不會有錯。

「好好，你很好。」童明夜表面上認栽，卻冷不防出手，把站在床頭扮成樹唸台詞的吳以文整隻抱走。「大廚是我的啦，喔哈哈哈！」

「羅密歐！」林律人厲聲大吼。

「茱律兒，放馬過來吧！」

男女主角在房中你追我跑，相愛相殺，吳以文趴在童明夜背後，繼續充當木頭人。

後來林律人體力不濟，只能氣喘吁吁，含恨瞪著童明夜這個奪寶小賊。

「阿文喔，我可愛的小文文，今後也要和小夜子一起當好兄弟喔！」童明夜抱著吳以文在床上翻滾，全力撒嬌下去。

那天吳以文滿身血回來，童明夜什麼也沒問，當作沒聽見兄長已逝的消息。只要吳以文還在，他大哥就還在。

雖然他們兩個都很衰，一個被神祕組織追殺，一個永遠是被九聯十八幫拿捏的少主，但互相給對方添麻煩總比毫無關係來得好，這就是孤子的貪心。

吳以文頭毛被揉得一團亂，有感而發：「明夜眞的是很好的貓。」

「就是說啊！」童明夜笑眯了眼。

「可惡，不准排擠我！」林律人看得眼紅。

「阿人，我們不是想孤立你，只是不想拖你下水。」童明夜看著林律人那身一塵不染的白毛衣，終於放棄追問林律人的老爸是誰。

林律人心一橫把上衣脫了，不顧羞恥撲上床，擠進兩人中間，就是要抱抱。

「哎喲，這是要3P的前奏嗎？」童明夜受寵若驚。

「在我結婚前，隨便你們！」林律人全梭下去。

吳以文想替林律人拉被子，卻反倒被林律人和童明夜聯手壓制，睜大一雙貓眼。

「阿文，裝病這件事，你還是得受到一些懲罰。」童明夜右手往下探去，俐落脫下吳以文的格子長褲。

「以文，很抱歉，我得讓你明白，你可以欺騙整個世界，就是不能騙我們。」林律人抽掉吳以文的黑領結，由上而下解開他的襯衫鈕釦。

吳以文可以一人單挑暗黑組織，但面對兩人的笑臉，只是閉上眼，任由好友宰割。

「你們在做什麼！」

連海聲一來，就是看見這人神共憤的畫面。

「老闆！」吳以文衣衫不整地跳下床，跌跌撞撞來到連海聲跟前，閉眼、睜眼反覆三次，確認這個穿著寬袖大衣的大美人眞的是古董店店長。

「你們兩個低能兒，竟敢看他智障對他出手，我就讓你們到牢裡嘗嘗被玩屁股的滋味！」連海聲氣極敗壞，一句話罵遍三個小朋友。

吳以文拉住連海聲袖口，爲好友求情：「老闆，我們在玩。」

連海聲二話不說，出拳往店員的笨頭揍下。

「太太……啊不，連先生，別打了，小文才康復不久。」李伊生見狀趕緊出面替吳以文求情，要是打笨了怎麼辦？

「正好把腦袋換掉！」

「老闆——」

連海聲用力蹂躪笨蛋店員一番，才放開吳以文。林律人和童明夜想上來救援，但店長大人只不過美目瞪去，他們就變成木頭人動彈不得，好重的殺氣啊！

「醫生，這些日子，謝謝你們照顧他。」

老大夫從診間幽幽回應連海聲：「不客氣，他可以一直留下來。」

「別開玩笑了！」李永遠出聲反對，差點嚇哭她手邊的小病患。

「姊姊妳不也喜歡小文？」

「這是兩回事！」

「就這麼辦。」連海聲轉身就走，真的把吳以文拋在腦後，頭也不回地離開。

吳以文急忙穿上鞋，匆匆與依依不捨的好友們道別，快步追上店長的腳步。

「阿公、伊生、姊姊，再見。」

「醫院不要說再見！」李永遠罵了句。

「喵喔。」老大夫揮揮手。

「小文再見。」李伊生到巷子外目送吳以文遠去。姊姊回來接診所，他要回學校做研究，吳以文大概是他這輩子第一個、也是最後一個病人。

沒想到吳以文又跑了回來，抱起醫生哥哥轉圈，讓他那身白袍像羽翼般翩然飛起。

「伊生，請你一生當我的醫生。」

「我願意。」李伊生含羞應下。

連海聲沒有開車，吳以文就跟著他在寒冷的街上漫無目的地遊走。

走過好幾個街區，天都要黑了，連海聲還是什麼話也沒說，埋頭趕著路，絕口不提他獨自與南洋老家老皇帝談判，以及爲了全面撤除研究中心答應的條件，那些垃圾事都與吳以文未來的人生無關。

街上亮起燈，連海聲停下腳步，凝視著身周萬家燈火。吳以文斗膽拉住連海聲大衣衣角，看對方默許他踰矩，又進而去牽店長的指尖。連海聲低睨著他，把吳以文的手反握進掌心，收進大衣裡。

兩人繼續無聲走著，景色越發熟悉，吳以文記得他走過的路，昂起頭，遠遠可以望見街角微微發亮的古物店舖。

「文文，對不起。」連海聲終究還是說出那句話。

就算他心想，這樣就夠了吧？他已經用僅存的時間清償過去的罪孽。可是當李伊生說這孩子全忘光了，連海聲才發現這五年多來自己傷害過吳以文的種種，自己全都記得。

「五年前，如果不是我，你就不會自殺。」他明知男孩有多依賴他，卻在這孩子最彷徨無助的時候，親手把人推入深淵。

吳以文怔怔眨了下眼，才憶起連海聲說的是哪回事。

「老闆，沒有自殺。」

「你說什麼？」

吳以文努力向連海聲說明，他當時神智很混亂，覺得自己很髒、很壞，大人生氣了，以為要教訓自己讓大人出氣，就拿刀劃出一口子，感覺沒有比心還痛，又再劃深一點，結果失血太多昏迷過去。

「我讓你生氣，做錯事，要處罰，痛才能安心。很痛，但我不想死。」

連海聲聽了並沒有好過一些，如果不是華杏林及時趕到，吳以文早就悲慘地死去，結果還不是一樣？

吳以文用力咬字澄清：「雖然那時候，眞的很痛苦，以為不該活下來，但是，只要在你身邊，再苦、再痛，怎麼也捨不得死去。」

連海聲看著吳以文，淚水盈滿雙眼。

以前吳以文總是被動等著這人垂憐，沒有去想一個人再強悍也會害怕失去。他迎上前，全力抱緊連海聲，熨貼彼此的胸口。

這男人總說自己是無情無義的大壞蛋，拋棄他、作賤他，卻不記得為他付出的好。醫生宣布他精神不治之後，為免壞掉的他傷害人，暫時把他隔離在醫療所的廁間。他不覺得水泥地冰冷，感覺不到口渴和飢餓，閉上眼也不再作夢了。

——你不用再傷腦筋，我會負責將他安樂死。

華醫生開玩笑時會揚高尾音，他聽得出來，比他還聰明的那人卻信以為眞。醫生走後，那人衝進廁所，打算放他自由，聽見鐵鍊聲才想起他的問題。很髒、壞掉了，才會被關起來。

那人恨恨咒罵：「什麼安樂死？華杏林那個瘋女人、死變態、神經病！」

他看著那人挽起長髮，手忙腳亂地和纏繞的鐵鍊奮鬥著，漂亮的長指都扯得發紅了，他就用沒被鍊住的另一隻手把鐵鍊解開。

那人勃然大怒：「你會解還傻傻被關，被人為所欲為很有趣嗎？蠢死了！」

他只是看著對方，想要多看幾眼。他知道那人已經整理好行李，要離開這個地方，再也見不到了。

然後那人卻拋下所有行囊，包括死去女子的遺物，雙手抱起他，連夜逃亡。

可能因爲臂彎太溫暖，他突然感到風很涼。

那人重傷初癒，身體不好，跑得又跌又喘，在夜風中尖叫嘶吼：「可惡，又不是我生的，爲什麼我要受這種罪！雯雯，這都是妳害的！」

跑到路口，那人終於受不住，停下來氣喘吁吁，任他爬下背來。他看見垃圾車，要走過去，又被那人抓住手心。

「笨蛋，這邊走！十、九……二、一，停，就是這裡！」

他茫然看著所處的異地，鬆開手，那人又緊緊將他抓牢。

「聽好了，我要開一間店，賣點小東西。」

他聽不明白，無法將那人的未來和自己連結，直到那人說給他起了名字。他突然從出生後就被施下的魔咒中清醒過來，望著那人由衷爲他憐惜的容顏。

「以文，我們一起，重新開始。」

他記得，全都記得，這個人、那間店，就是他人生的美夢；身在夢中，不管過去多痛，都可以全部忘記。

「最喜歡老闆了。」吳以文雖然說了很多次，但怎麼說還是說不清楚，在心底無數夜晚積累、比性命還要深重的情感。

「笨蛋，笨死了……」哭是無用的情緒，但連海聲除了流淚，再也無法思及其他。

「老闆，我們一起，重新開始。」

白裙女子將已經簽字的離婚協議書放在餐桌上。曾經，這張圓木餐桌擺滿飯菜，一大一小兩個男孩子燦爛對她笑，讓她誤認這裡是自己的歸屬，連帶做下無數錯誤的決策。拖了五年多，她終於要擺脫這個愚蠢的角色，完全回歸那個世界。

門鈴響起，女子快跑應門，以爲是歸來的丈夫，卻是她最不想見到的殺手。

「老大，晚安喲，很失望吧？聽說妳家小韜光最近夜夜都睡在酒家，情願抱著別的女人入睡也不肯見妳，一手調教的忠犬老公就這麼髒了，妳有什麼想法？」

「你去死。」白裙女子面無表情地回應。

殺手回以扭曲的笑臉，滿懷惡意地遞出被他抓爛的牛皮紙袋。

「小皚要我送文件來。」

「他怎麼沒把你打死？」女子從頭到尾維持一貫態度，就是要殺手從世界上消失。

「我這麼可愛，小皚哥哥怎麼捨得生我的氣？」殺手一笑泯之，好像沒把人從十八樓開槍打下去一樣。

現在那個被害者在家讓妻女照顧，只剩一張嘴能動的醫生交代殺手一件事，也就是殺手所帶來的文件。

女子接過牛皮紙袋，打開來，竟是一份血緣鑑定書，她白皙的手爪微微顫抖著，質問對方有何居心。

「老大，快看吧，這可是小皚專程爲妳腦死婚姻開的特效藥。」

長生試驗編號一〇〇一（吳以文）親緣鑑定結果——

父：吳韜光

母：延世司（詩詩）

〈失憶〉完

番外、苦憶

她從小看著父母相處，明白女人生來就是卑賤的一方。

父親總是誇她謀略過人，只可惜生作牝雌，這輩子註定只能在內堂活動，好好嫁個男人，再生個兒子，相夫教子才是賢妻良母。簡簡單單，一句話就把她應有的繼承權利抹殺殆盡。

母親表面上掌握家族生殺大權，卻也只能容忍無能的父親納妾，後房的女子一個比一個年輕。即使母親痛苦得快要瘋狂，卻不敢離婚，離了就會失去她手中的權力，她只能把滿心的愛投射在唯一的兒子身上——女兒沒有用處，把兒子寵成自己的傀儡。

愚蠢至極。

但那個地方就是這樣，君臣父子，法統凌駕於一切。然而，那個少年卻冒出頭來，睜著一黑一藍的異色眸子，漂亮得令父親別不開眼。

父親替少年取名為「相」，將相之才的意思，餐桌上三句有兩句誇著那孩子，幾乎要把對座的母親給氣得腦溢血。

不過是卑賤家妓生的雜種，何德何能？——大家嘴上都這麼說，但眼中都望著那孩子，期待一種變異或是奇蹟。

她知道父親只是想壓童家一頭，童家出身的母親掌握全郡軍武，母親的么弟、未來的童家家主又是那麼聰慧的孩子，讓他老人家倍感威脅。提拔那個私生子只是父親的一手棋，不然眞的疼惜一個人，才不會下令要他身邊的小婢作妾並將這說成是天大的恩賜。

那小子幹了一件事，眞正轟動全郡的大事——少年帶著少女，私奔了。

父親勃然大怒，拍碎了玉印，詔告全郡，絕對不放過他們！

「世司，妳給我去，殺了他！」

她看著父親身下的玉椅，笑著應好。

她遠渡重洋，精心撒網布局。那個男人什麼都不知道，只是拚了命地往上爬，夢想著自己功成名就那一天，父親會認可他的存在。

但那是絕對不可能的事，母親早給他驗過身分，他跟四姓哪一家都沒有關係，完全是那賤妓從外面帶來的野種。

眞正與她有關係的，是被延世相帶走的那女人。母親與他人有染而懷上的孩子、一生下就被當作垃圾拋棄的妹妹。

她有很多機會，但她一直沒有動手，主要因爲那女人一直守在延世相身邊。

大概是血緣作祟，向來冷血的她打從心底憐惜那個名叫「雯雯」、善良又可悲的女子。

相認後，她就把他們兩人誤會的身世解開：「妳不是奴婢，妳才是蒙塵的珠玉。」

那女人卻深情地說：無論如何，世相少爺永遠是她的王子。

傻瓜，王子那種東西，只會選公主，絕對不會和下女在一起。

果然，延世相娶了一個又一個貴女，把身邊痴情的女人當作發洩的備胎。

她看著日益憔悴的妹妹，爲了那男人夜不成眠。她叫對方去和他攤牌，告訴那男人他其實什麼也不是。妹妹卻始終不忍心說破，不願意傷害所愛的人，仍盼望等來一個相守的結局。

那男人與第二任妻子離婚後，妹妹似乎苦盡甘來，受到以往不曾有的寵愛，大概是太開心了，習慣隱忍的妹妹甚至說出內心深藏多年的夢想。

「詩詩姊姊，妳會來參加我們的婚禮嗎？」

她真切想過，如果是爲了這麼一名小女子的幸福，她願意放棄爭奪大位的機會。

然而，沒多久，她就看著延世相在電視上得意洋洋，宣布他將與林家的女兒再婚，旁邊還站著一個半大的拖油瓶。

她再見妹妹，只餘一身空殼。妹妹說想要回去，回到那個曾經有老男人想要侵犯她的家去。至少待在封閉的家裡，可以不用再看見她所愛的人對著另一個女人笑。

「妳爲什麼不告訴他實話？」

妹妹閉了閉眼：「我愛他。」

「妳愛他又如何？你們又沒有孩子！」陳腐的指責脫口而出，她就像自己所厭惡的婆媽一般，用自己最痛恨的理由，把過錯歸咎給受害者。

妹妹崩潰大哭。三十多年，才知道爲那男人付出的青春，結果只是一場笑話。

婚禮當天，也就是妹妹回家的日子，沒有外人，她特地來機場爲妹妹送行。

妹妹拉著她的手，叨絮關心她，要她和韜光一起好好生活，誤以爲她跟丈夫之間眞有夫妻情誼。

她忍了又忍，終於在妹妹登機前，得意地洩露陰謀。

「妳不要難過，姊姊幫妳出氣。」

「什麼意思？」

妹妹突然明白到什麼，抓起電話撥號；電話不通，便立刻扔下所有行囊往回衝。

來不及了，她早就算準時間，機場和大禮堂離得那麼遠，妹妹不可能趕到現場救人。

只是保險起見，她還是叫來行動監控的車輛，倒數計時。

倒數五分鐘，沒有任何合理的解釋，妹妹出現在大禮堂門口。

就算爆炸時間延誤、坐上超音速戰機，剛與她分別的妹妹也不可能趕到大禮堂，但妹妹就是在那裡，拔腿往會場奔去。

「妳這笨蛋，不要去，快離開！」無論她在監視機前怎麼喊叫，妹妹都聽不見。

妹妹踩上紅毯，隆隆低鳴數聲，大禮堂開始搖晃，賓客驚聲尖叫。

監視器記錄爆炸瞬間的場景——妹妹從新娘手上搶過新郎，緊抱住那男人，用她的血肉之軀充當保護罩，要為他謀得一絲生機。

「雯雯！」那男人嘶啞大吼。

然後轟隆巨響，完全安靜下來，畫面斷訊。

她久久無法接受血沫橫飛的現實，只是恍惚想著：妹妹說不定是天上仙女轉世，這輩子才會活得那麼純良、那麼地傻。

她的小仙女沒有了，後來的調度工作也成了一場災難，組織的人馬進去燒燬的禮堂清點，卻找不到延世相的屍體。

那一天她回到家，丈夫整夜沒回來。房子黑漆漆的，只有她一個人。

她就想，離婚算了。

「姊，妳在想什麼？」丈夫隨口提了句，她回過神來。

她為了取得合法居留身分，嫁給當地一名小警察，年紀比她小許多，在家都喊她「姊姊」。她已完成任務，十多年來的小夫妻戲碼終於要謝幕了。

「老公，因為難得你會在家陪我呀！」她微笑敷衍一句。

「說到這個就生氣，莫名其妙說我瀆職，我查的明明是大禮堂爆炸案，又不是那個醫學研究中心！」

她心想：開玩笑，讓你查下去，我夜半如何安睡？

「你不要生氣，最後一定會還給你一個公道。」她像賢妻出聲寬慰，丈夫卻不承她的情面。

「妳不用管我工作的事，在家煮飯給我吃就好。」

她看著丈夫，忍不住多看幾眼。這男人一無可取，就是身材好、長得帥，雖然她再過不久就要拋下他，但與其讓給別的女人，還不如殺了了事。警察值勤時發生個小意外，應該沒人會意外。

「對了，我等下要出門一趟。」

「要做什麼？」

「不知道。」

「不知道？」她微笑再微笑，丈夫沒接收到她的訊號，只是穿起以前學校的運動外套，套上球鞋就要出發。

「我回來要吃炸雞，很多肉！」

「老公！」

「我等一下就回來，妳不要太寂寞！」丈夫鞋也沒脫就從玄關跑回客廳，親了她一口隨即風風火火地衝出門。

她撫著臉頰上的吻，忍不住埋怨：「受不了，哪裡像個三十歲的男人？」

電話鈴響，她走向牆邊的電話櫃，接起線。

「吳公館，您好。」這句話是他們組織的暗號，由這條電話線串起二十年來的陰謀。

「老大，還是找不到延世相屍體。」

「都半年多了，怎麼還找不到？真是廢物！」

爆炸案發生後二十四小時，大禮堂半徑十里都被林家派來的軍警給封鎖，人沒有死是一回事，怎麼逃又是一回事；至於人藏在哪裡，又是另一回事。

「從頭開始，把爆炸當天路口監視器還有各家媒體的報導影片全調出來，檢查每個角落。他不可能自己走出去，一定有幫手！」

「幫手如何處置？」

「找出來，殺了。」

她冷酷下達命令，這時，門外響起丈夫的大嗓門。

「姊，我回來了！」

她掛斷電話，轉而端上巧笑的面容。

「老公，怎麼這麼快？又忘了皮夾是不……」

她上前應門，卻看見丈夫牽著一個小孩子。而且看丈夫凶巴巴地要小孩脫鞋，她判定這情況不是要幫忙協尋父母，而是打算帶進家門。

果然，還是殺了他好了。

「韜光，這位是？」

「哦，我在路上撿到的，剛收爲徒弟。小子，還不趕快叫人？」

「姊、姊……」小孩在吳韜光的瞪視下，怯怯喚了聲。她快速掃過一眼，細軟髮、貓似的雙眼，兩頰白裡透紅，大概七、八歲的年紀。

「搞清楚，『姊姊』是我叫的！這個氣質大美女是我老婆，叫師母！」吳韜光認眞糾正男孩，男孩似懂非懂地點點頭。

「老公，你什麼時候在外面生的？孩子都這麼大了？」她的笑容裡懷著千把刀。

「我這輩子只有妳一個女人，才沒有在外面生！」

「那他又是哪來的？」

「我就說在路上撿到的！話說回來，炸雞呢？」

她嘆口氣，無法說理，暫且休戰。

「先進屋吧，孩子都淋到雨了。」

她拿來大浴巾，一邊爲丈夫擦身子，一邊爲小孩抹乾臉。男孩那雙貓眼睛不安眨動著，似乎害怕陌生的環境。

「韜光，他叫什麼名字？」

「喂，你叫什麼？」

男孩搖搖頭。

「好，我來想一個！」吳韜光興致勃勃。

「等等，太魯莽了，名字是一輩子的事，我們先仔細討論過再說。」她阻止丈夫，取名之後就會有感情，處理起來很麻煩。

「好吧，我要吃炸雞。」吳韜光願意妥協。

她瀕臨爆發邊緣，這男人沒有說明爲何給她帶個半大的小子回來，卻只想著他的肉。沒關係，最快一個月內，她就會著手來謀殺親夫。

她綁上圍裙，熱油鍋，眼角瞥見男孩目不轉睛，對她的行爲好奇不已。不像另一個男人只會吃，從不在乎飯菜怎麼生出來的。

算好時間，她撈起炸得金黃的雞肉，放涼一會，然後裝盤端上。

男孩爲此發出微小的驚呼，把她當作神奇的魔術師。

丈夫熱情招呼著：「吃啊，這可是全世界最好吃的炸雞！」

男孩小心翼翼伸出手，挑了一塊小碎肉。

「男子漢大丈夫，不可以小家子氣！」

吳韜光把盤中最大的一塊肉挾給小朋友；男孩小嘴咬一口，隨即兩眼大睜，很是驚歎世上有如此美食。

「很好吃對吧？好吃要記得說謝謝！」

「師、母，謝、謝！」男孩很慎重地咬字說道。

嗯——她不得不承認，這個不知道哪來的小雜種的確有點可愛。

丈夫就像得了新玩具的大孩子，抓著男孩介紹這個家每個角落，說不出的喜愛，到哪裡都不離身，也就讓她沒有逼供的機會。

「韜光，熱水放好了。」

「來，洗澡了！」丈夫問也不問她，直接抱著小孩進浴室，過了一會，響起丈夫的大嗓門：「詩詩，確定是男孩子！」

她撇了撇唇角，又不是她要臨盆，用不著和她報告。

她一面準備晚飯，一面聽著浴間男人和孩子的笑聲。不過半天時間，她居然就要接受平空多出的食客，小孩果然很容易讓人放下戒心。

延世相沒死已經讓她夠心煩了，她不能留他，孩子只會壞事。在她懷上第一胎的時候，她就斷然捨棄，換得這些年來清靜的日子。

只是沒有孩子總有幾個小缺憾，青春正盛的丈夫似乎已經厭倦她衰老的肉體。前些日子徹夜未歸，她問起，丈夫也只是隨口打發她，不再像以前迷戀她了。

好吧，既然不愛她了，也只能殺了他。

丈夫赤身帶著孩子出來，她已經備好丈夫兒時的舊衣給小孩穿上，看著丈夫沒有一聲感謝，只是在餐桌埋頭大吃，還是她給男孩留了飯菜才不至於喝菜汁。

「師母，好好吃。」

「是吧，她可是全世界最好的老婆！」

她以溫柔的笑回應丈夫的讚美，但心裡只想著毒死他。

丈夫吃完飯後，把空碗盤扔在一邊，拿起掃帚跑上二樓。二樓有個樓中樓閣樓，存放丈夫雙親的遺物和兒時的寶物，現在全被他扔出來，就爲了裝小孩進去，眞是喜新厭舊。

「姊，妳來鋪床啦，我不會弄！」

她牽著呆呆的小孩上樓，看丈夫把小閣樓弄得一團亂，最後還是她來收拾善後。眞不知道她不在，丈夫一個人怎麼生活，所以還是殺了他才好。

丈夫把小孩塞進軟被裡，拍拍雙手，自認大功告成。

「快睡，我跟你師母也要去睡了！」

「師父、師母，晚安。」

「晚安。」她微笑撫著孩子的軟髮，祝他惡夢連連。

回到主臥房，她正要質問孩子的來歷，丈夫卻翻身覆上她。

「韜光，怎麼了？」

「不知道，看妳對他笑，特別想抱抱妳。」丈夫一邊磨蹭她胸口，一邊輕柔親吻她的脖頸。她沒有拒絕，任由丈夫索求。

她十多年已如止水的婚姻，因爲那孩子的到來有了波瀾。

丈夫睡了，她半裸著身子出來，聽見廊上有細音。她打開燈，應該睡在閣樓的男孩卻抱膝坐在玄關。

「怎麼了？」

「我在等，來接我。」

她眯上眼想：原來媽媽還在世。

「傻瓜，睡在這裡會著涼的。」

「不冷。」

「可是我會冷呀。」

男孩抬起小臉，怯怯望著她。

「來，師母抱，回去睡。」她蹲下來張開雙臂，男孩猶疑一會，還是走向她，她毫不費力地單臂將他扛起。

「師母。」男孩在她臂彎中，小小聲呼喚。

「嗯？」

「我可不可以當，師父和師母的小孩？」

「這個嘛，看你的表現了。」她手指點上男孩的鼻尖，男孩用力點點頭。

身為女子，先天被認定要有愛心、婦人之仁，但她就是恨極傳統加諸在她身上的禁錮，打從心底厭惡家庭和孩子。碰上她，只能怪這小子運氣不好。

吳韜光停職中，過去十多年日以繼夜的獵犬模式突然被迫中止，他很難適應賦閒在家的生活，隨時等著上頭的電話把他叫回崗位。

他心情已經夠煩躁了，沒想到那個人還塞了一個小孩給他，傷透腦筋。

當妻子出門買菜去，家裡少了哄小孩的人，他和男孩只能大眼瞪小眼。

「既然你叫我師父，你要學武功嗎？」

「武功？」

吳韜光作勢揮了兩拳，男孩看得雙眼發亮。

「小子，在現代武學界，我可是數一數二的高手！」

「我知道，正義超人，師父是英雄！」男孩曾陪著那個人看報紙，那個人這麼說的。

「你知道啊？」吳韜光藏不住欣喜，以爲他不出門抓壞蛋，大家都把他忘了。「那好，我就來看你有沒有學武的資質，學得好才有資格拜入我門下。」

吳韜光把客廳的家具電器搬空，清出空間，當作練習場地。

「看好了！」

側踢、旋踢、翻身飛踢，三個動作一氣呵成。

「師父好厲害！」

「這麼簡單，你也可以。」吳韜光努力回想當初學武的基本功，別人練腿的時候，他好像就上場和教練對打了。「好，我教你第一招：『男人就是要靠拳頭！』，看好了！」

男孩睜大眼、屏住呼吸；吳韜光出拳，男孩跟著揮出稚嫩的拳頭，大手和小手觸碰在一塊。

「嘿、嘿！」

「力氣不小嘛！」吳韜光不太會讚美人，除非對方很努力，他喜歡努力的孩子。

吳韜光讓男孩練習一會，不到半天，男孩拳腳有了雛形，他胸口興起一股難言的成就感。難怪前輩們一直叫他生小孩，有小孩子，就可以把他這身絕學傳承下去。

他不要小孩是怕妻子傷心，十多年前，他們夫妻第一個孩子流掉了，後來也沒能懷上。但妻子看來與這小子很有緣，她和小孩瞇起眼的樣子有幾分相似，帶出去人家說不定以為是她生的，沒水準的鄰居就不會笑她是生不出蛋的老母雞。

吳韜光決定好了，也問男孩好了沒。

「注意了，這次我要來眞的！」

吳韜光向男孩出手，雖然男孩的動作很狼狽，但都有閃過他的攻擊。這讓吳韜光不知不覺加快了拳腳，一個不注意，未收力的重拳擊中男孩腹部。男孩飛摔在地，發出微弱的哀鳴，許久無法起身。

「喂，很痛嗎？」吳韜光衝過去，拉開男孩衣服檢查，左腹已經浮出一大片瘀青。

男孩看吳韜光緊張的樣子，強忍著痛，搖搖頭。

「很好，男子漢就該如此！」吳韜光不喜歡愛哭的小孩子，男孩不怕痛的反應著實贏得他的歡心。

男孩看吳韜光高興了，又說了一次：「不會痛。」

吳韜光到櫥櫃上下翻找，終於找到半夜肚子餓時妻子用來哄他的糖果罐，拿出一顆從南洋過水來的汽水糖，慎重其事交給男孩。

「你今天表現不錯，這是獎勵。好好學，你要變強，才能保護自己。」

男孩雙手捧著汽水糖，小心翼翼地收下。

延詩詩回到家，就看見淨空的客廳和被塞滿雜物的臥室，丈夫停職在家比在外頭槍林彈雨還讓她不省心。

「韜光，這是怎麼回事？」

「姊，以後從這裡、到那裡，就是我們師徒的道場，妳要仔細掃乾淨！」

延詩詩不想理會沒大腦的丈夫，低身轉向男孩。

「要不要和師母學做菜？」

「要！」男孩用力應下，對大廚的興趣更甚於武林高手。

「男人學什麼煮飯！」

延詩詩半扠起腰，微笑望著丈夫，吳韜光一時不敢造次。

「走吧，不要理他。」

「師父再見。」男孩跟著延詩詩走向三步之遙的開放式廚房，吳韜光像隻大型犬踞在沙發一角，惡狠狠看著背叛他的女人和男孩。

延詩詩從熱鍋一些基本動作開始教起，男孩學得很快，當天就從學徒晉升成勤快的小幫手，幫她打蛋剝蔥，手腳很俐落。

等待湯滾時，男孩偷偷拉了拉延詩詩的白裙，把手心的汽水糖拿給她看。

「師母，師父給我糖。」

「好棒喔，表示你是好孩子。」延詩詩伸手摸摸男孩的腦袋。

「嗯！」男孩垂下臉，含蓄地開心著。

「可是如果感覺太勉強，要和你師父說明白，不然他會得寸進尺。」

「不會勉強。」

延詩詩看得出來，這孩子非常渴望得到他們的認可，但很遺憾，她打從一開始就沒打算接納他。只是男孩太會看人臉色，她實在挑剔不出他有哪裡不好，眞讓人煩心。

男孩來了一個多月，鄰人也注意到了，多事向她問起，她只說是親戚家借住的孩子。她擋著不讓丈夫取名就是不想產生感情，但吳韜光沒能讓她控制的份，帶著男孩上山下海到處亂跑，把自己從警校畢業後從缺的玩樂全補到男孩身上。

想想以前丈夫連一場音樂會也沒空陪她去，眞是可惡。

電話響起，她一臉不耐地接起：「這裡是吳公館。」

「老大，長生計畫清查結果，少了一個樣本。」

「計畫負責人不是噯嗎？」

「他拒絕合作。」

「臨時把他叫回本家的是太子，洩密給警調的也是那個傢伙，他在跟我生什麼氣！」

「他說，妳可以不殺。」

「說得容易，那後果誰來承擔？」

前院傳來撞車的聲響，她憤恨掛斷電話，快跑出去，門裡門外，瞬間換上擔憂的神情，只是她看見被車頭撞歪的羅漢松，臉皮仍是抽了兩下。

「老公，你沒事吧？」

「詩詩，小孩就交給妳了！」一雙手往車窗伸出，把呆滯的男孩硬塞給她。

「老公？」

吳韜光重新發動車子，車頭在冒煙，但他仍是神采奕奕。

「上頭叫我回去工作，我去上班了！記得餵小孩吃飯！」

「老、老公！」

吳韜光揚長而去，延詩詩阻止不了。那是她新買的代步車，差不多是丈夫一輩子的薪水。年前吳韜光才撞壞一台，在那個破壞狂手下，新車大概沒多久就會變成一團廢鐵。

延詩詩用力瞪向男孩，男孩一臉無辜。

「和韜光出去玩了什麼？」

「師父教我游泳、抓魚、野獸搏擊。」

「很累吧？」延詩詩無言以對，她討厭蚊蟲很多的野外，只有野蠻人才會喜歡。

「不會，很好玩。師父還說很多抓壞人的事，好厲害。」

「因爲你喜歡你師父，所以跟他在一起，什麼都覺得有趣。」

男孩怔怔聽著她的發言，然後點點頭。

「師父說，要當我爸爸。」

延詩詩蹲下身，握著男孩的手，向他施下詛咒。

「你可能誤會了，韜光就是這樣，什麼事都一頭熱，但他一旦失去興趣，就不會再理會你了。你畢竟和我們家沒有關係，不要抱太大期望，才不會失望。」

這話一開始就要講明，拖到感情建立了才說，只會讓人更執著，她再清楚不過。

果不其然，男孩進到家門，搶著做家事，想要表現給她看。

「師母，我會當，好孩子。」

她微笑以對，時機成熟，她可以收網了。

吳韜光隔天才回來，一回到家，就使勁地摔東西出氣。

「老公，怎麼了？」

「把我調去做內勤，明知道我最痛恨文書作業，還故意抓我錯字笑我沒讀書，我本來就沒有讀書！」

「師父，水。」男孩特別倒了茶水過來。

「你別煩我。」吳韜光一把將男孩推開，逕自走向臥房，砰的一聲，把門用力關上。

「沒事的，你師父只是心情不好，讓他一個人靜一靜。」

男孩垂下臉，好不沮喪。

延詩詩哼著小曲做飯，一切依她的指示進行。要想把一個人的鋒芒磨去，就是讓他空有才華卻無法發揮，讓環境嘲笑他，久了就會喪志成廢人。

沒想到男孩沒有聽她的話，偷跑進臥房。等她煮好晚飯去叫人，吳韜光就像隻受傷的野獸抱著小獸，有一下沒一下撫著男孩的軟髮。

「老公。」

吳韜光聽見叫喚，給睡著的小孩拉好被子，走出房間。

「老公，不管工作如何，我都會陪在你身邊，但那孩子怎麼辦？」

「什麼怎麼辦？」吳韜光悶悶地說，少了平時一半音量。

「你控制不了脾氣，我受得了，小孩可受不了。不如另外找個合適的人家……」

「我說了要當他爸爸，不可以食言。」

「你是認眞的嗎？」

吳韜光看著妻子，眼神流露幾分不捨。

「沒有，說說而已，我沒有想要孩子。」

延詩詩心頭突然湧起強烈的罪惡感，要是被丈夫知道她故意拿掉小孩，他絕對不會原諒自己。

「老公，來吃飯吧？」

「哦，我去叫他起來。」吳韜光想起什麼，回過頭來。「姊，快點幫他想個名字，帥氣一點，不然我怕他被別人搶走。」

「放心，他這麼呆，才不會離開。」

吳韜光警界生涯可說是一帆風順，從基層小警察靠著功績升上警官，又被提拔到刑警隊的特別小組組長，一直深信身爲孤子的自己能出人頭地是努力換來的結果，沒有依靠任何人。沒想到在那個人「死後」，他立刻被停職、調職。

高層換了一群勢利小人，整天只會在媒體前作秀，他看得很生氣，說出來卻被辦公室的走狗聯手修理；想要辭職，又不知道自己除了警職還能做什麼。

他有苦說不出，不想給妻小知道他無能的樣子，下班只是跑去喝悶酒。半夜回到家，找不到妻子又更苦悶。

妻子總會有幾天不在家，似乎是上流社會的聚會，最近越來越頻繁。吳韜光著實感到不安，如果他再也不是帥氣的英雄，他們夫妻又沒有孩子，出身金貴的妻子還會留在他身邊嗎？

他醉酒回去，隔天醒來，身上已經換上乾淨的睡衣，但他在房間嗅了嗅，只聞到殘餘的酒臭味，妻子還沒回家。

吳韜光穿好制服準備上班，開心地坐下來用飯，餐桌上還有早餐，不是妻子敷衍他的白吐司。過了一會，男孩才從浴廁出來。

男孩小口喝粥時，吳韜光忍不住問：「你牙齒怎麼不見了？」

「昨天，訓練，掉下去。」

吳韜光想不起來昨晚的事，只記得同仁說過他酒品很差，都會把平時積累的壓力藉酒意發洩出來。

「那個，我有給你獎勵嗎？」

男孩搖頭，吳韜光因為心虛，從妻子藏到櫥櫃最底層的糖罐抓了好大一把汽水糖。

「這都給你。」

男孩把小糖果堆捧在手心，好像它們是黃金珠玉。

「我想當，師父的小孩。」

「廢話，你本來就是我的小孩了。」

男孩目不轉睛望著他，吳韜光看著男孩整排不見的門牙，他還是別喝比較好。

然而，一紙命令下來，說是吳警官疏失重大，將他無限期停職。

吳韜光不知道怎麼抗辯，拉不下臉請人為他奔走，也不知道該怎麼向妻子交代，只能假裝外出，到便利商店坐上一天。時間到了也不敢回家，只能喝酒逃避。

剛好這陣子妻子又出外旅行，他就過著自暴自棄的生活。要是家裡沒小孩就好了，沒人知道他有多狼狽。

眞麻煩，沒有小孩就好了——

「韜光，醒醒。」

「姊，妳回來了……」

延詩詩幾乎勒著吳韜光的衣領說話：「小孩昨晚送醫院。」

「醫院？怎麼了？」吳韜光還在和宿醉的腦子對抗。

「你把他叫起來練習，然後把他打得頭破血流。」

吳韜光陡然清醒，腦中閃過幾個模糊的畫面，半跌半爬出臥房找小孩。妻子口中血流成河的男孩已經在廳堂準備早飯，看起來好端端的，只是眼角貼著膠布。

「師父，早安。」

「沒事嘛，妳別開玩笑。」吳韜光鬆口大氣。

延詩詩也不知道自己有什麼好生氣的。昨晚她深夜歸家，屋子一團亂，男孩抱著酒醉睡著的吳韜光，痛到全身冒冷汗也不敢放手。

她不顧形象，對著男孩破口大罵：白痴！這男人發酒瘋，你是不會躲嗎？

男孩只是說：不會很痛。

這孩子比她以爲的還喜歡他師父，都不知道這般一廂情願，到頭來只是一無所有。

她拖了一段時間，等小孩傷癒，才開始埋炸藥。

「老公，我今天帶小朋友出門買菜，他很討人喜歡喔，看人就叫叔叔伯伯。」

「哦。」吳韜光埋頭吃飯。

男孩抬頭看她，不懂她爲什麼要說謊。

二月過了，現在是學校的開學季，白日她都牢實地把男孩鎖在家中。多虧這個家沒養過小孩，苦惱於工作的丈夫也沒察覺到不對勁。

男孩很困惑生活的變化，他來到這個家的時候，是那麼地受到寵愛，爲什麼師父和師母漸漸不理他了？他是不是做錯什麼？整天惶然不安。

男孩睡在玄關的頻率增加了，丈夫回家和出門失足踩過幾次。男孩不太會辯解自己的行爲，長期的禁錮讓他說話能力弱化不少，原本靈動的表情也變得呆滯。

男孩反常的行徑終於惹毛了向來自制力低落的丈夫，尤其他又喝了酒。

「告訴你多少次，他不會來接你了！」

男孩執拗地搖頭：「會來接我！」

「你對這個家有什麼不滿？看不起我嗎？我有讓你餓到嗎？你想走就走啊！」

吳韜光抓著男孩要丟出門，男孩抵死掙扎。

「師父，不要，對不起，師父是我爸爸，爸爸！」男孩一句話說得七零八落，可見他有多害怕。

「誰是你爸爸！像你這種隨口就能叫人爸爸的投機分子我見多了！只要有好處就巴上去，沒有臉皮和自尊，笑死人了！」

「韜光，不要說了！」她過去把丈夫拉開，沒想到他會把話說得那麼狠絕。

「姊，我在教小孩，妳不要管。」

延詩詩比誰都要了解她聞名黑白兩道的英勇丈夫——少來，你只是在發洩情緒，自詡爲英雄，結果失意時也只敢取笑弱小。

她把淚流滿面的男孩帶回房間，語重心長地告訴他：「對不起，我跟韜光就算沒有孩子，也只想要身家清白的小孩，像你這種有缺陷的棄子，我們養不起。」

隔天，她醒來發現臥室門口放著一盒退回的汽水糖。

男孩依然勤快地打掃房子，像是什麼都沒發生過。她把男孩叫來跟前，應該稍微長大的他，感覺卻縮小了一些。

「師母，我會做很多事，什麼事都會做，請妳讓我留下來。」

她不知道計畫成功與否，至少男孩對這個家已經不抱任何期望。

做完家務的空檔，男孩會走到玄關坐下，靜靜看著被門阻隔的外界。有時抓著自己的手，摸摸自己的頭，沉浸在過往的回憶裡。

她覺得只要打開門，男孩就會離開，她的生活回復原狀。但她每次外出，仍是把門牢實鎖上。

這是人性的自私，不想給予，只想掌控。絕對不是因爲她想要有小孩，弄壞了才能完全留在她身邊。

丈夫復職了，有壞人抓之後，整個人又是神采飛揚，聽說獵犬也是這樣。

丈夫在飯桌上大口吃肉，想向妻小炫耀他的英勇事蹟，聽眾卻少了一隻小的，才發現家裡變得不太一樣。

「奇怪，他怎麼都不來吃飯？」

「他說他不餓，等一下再吃。」

她告訴男孩，依規矩，長工只能吃主子的剩飯。不然主子生氣了，隨時都能把長工趕出家門，就像他師父對他那樣。

飯後，吳韜光去找躲貓貓的小朋友，在大屋走完一圈，連根毛都沒看見。

「姊，他怎麼了？他以前明明很黏我。」

都多久以前的事了，但丈夫那顆腦子只能記住自己喜歡的好事。

「老公，他好像生病了。」

「妳就帶他去看醫生啊！」

「不是小感冒，而是精神病變，一開始看不出來，住久了我才發現他有問題。」

吳韜光抓著頭，焦躁地問：「能不能治好？」

她搖搖頭，宣告男孩的不治之病，大事抵定。

丈夫卻不死心，叫她再去找厲害的醫生。她滿臉爲難，欲言又止，這些日子以來，照顧一個非自己所出的精神病患，她已經心力交瘁。

「我不知道他生病，還對他那麼嚴格……」丈夫喃喃，聽見小孩有缺陷，反倒激發出他對弱者的憐憫。

「我們還是把他送去專業的治療機構吧？我已經找了幾間合適的療養院……」

「姊，那我要開始強力特訓他，他以後才有辦法在社會生存！」

「老公？」她不明白，爲什麼會得到這種愚蠢的結論？

吳韜光幾乎把房子整個翻過來，才在後院的狗屋找到小孩。他把男孩抓來訓話一整晚，晚上還睡在一塊。期間不時聽見小孩的嗚嗚，男人似乎用暴力強迫男孩陪睡。

她早起還沒見到丈夫回房，不由得臉色凝重，絕不可以讓丈夫對孩子的感情死灰復燃。她突然一陣不適，在流理台上乾嘔起來；緩過症頭，發現男孩在一旁遞來濕毛巾，眼神有些擔憂。

她沒有任何喜悅的心情，只把肚裡多出來的肉當作使詐的棋子。

「老公，我好像懷孕了。」

吳韜光頂著亂髮來到餐桌，正要招小孩過來，她先叫住丈夫，告訴他這個「好消息」。

丈夫怔了兩秒，然後過來對她又親又抱，直說太好了。

她不受丈夫的溫情影響，把他拉進臥室，卻不關上門，確認男孩聽得見他們夫妻的聲音。

「老公，我們有了寶寶，以後他該怎麼辦？」

「叫他幫忙顧小孩啊！吃飯就是要做事！」

「可是我會怕，我和他在家獨處，要是他攻擊我怎麼辦？」

「我有教他，他不會隨便傷害人。」吳韜光認眞說道。

「我沒關係，可是孩子呢？你要讓我們的小孩爲他冒上風險嗎？」

吳韜光沉默，她當丈夫默認。

丈夫出門後，她柔聲把男孩叫來，渲染著夫妻的歡喜，這可是他們「眞正」的孩子。相較之下，低頭看著自己長滿粗繭雙手的男孩，只是一個替代的冒牌貨。

「對不起，我們有孩子了，請你離開這個家。」

男孩很安靜，連哭鬧也放棄了。

丈夫比平常晚回家，過了晚餐時間才帶著大包小包的嬰兒用品回來。

「老公，都還沒穩定……」延詩詩皺眉看著一大堆無用的小東西。

「東西妳先收著！」吳韜光把袋子扔在玄關，就跑進屋找小孩。「過來，師父有重要的任務交代給你！」

男孩無神走來，吳韜光鄭重塞給他一本同事送的育兒專書。

「這本書你好好看，要當一個有擔當的大哥，知道嗎？」吳韜光兩三下就把父親的責任發包出去。男孩接過書，呆傻地點頭。

「韜光。」延詩詩的微笑幾乎要扭曲變形。

「姊，小孩出生就有哥哥照顧，眞是好命！」吳韜光用力拍打男孩的腦袋。

延詩詩謀殺親夫的衝動從未如此強烈，這男人生來就是和她對沖。她好不容易斷絕男孩的念想，讓他認命退出，爲什麼又要給他無謂的希望？

當吳韜光進到浴廁，男孩走來，拉了拉延詩詩的白裙。

男孩太久沒說話，發不太出聲音，只能用微弱的氣音表達心意。

「師母，我會當，好孩子。」

延詩詩非常懊惱，幾乎要大吼出聲。她和吳韜光只是虛情結合的夫妻，這個家全是假象，男孩再怎麼努力，都不可能換來幸福快樂的家庭。

她再也受不了，快刀斬亂麻，聯絡上醫學中心的分部，要他們處理一件案子。

爲免夜長夢多，她在枕邊不停遊說丈夫，她已經找到合適的治療團隊，療程越早越好，只要把男孩送去一段時間，到腹中胎兒穩定就好。

「姊，他會不會以爲我們有小孩就不要他了？」

「韜光，對我來說，親骨肉比較重要。」

丈夫看著她，良久才答應下來。

大概是要分開了捨不得，丈夫那幾天都睡在小閣樓，這讓男孩以爲得到認可，恢復了清靈的笑聲。

到了預定住院那天，她還記得，那是個日光明媚的日子。

「姊，我們出門了。」

「師母再見。」

「路上小心喔！」

男孩抓緊吳韜光的手，眞心以爲師父要帶他去旅行。

她在家裡等了半天，丈夫回來了，手邊沒有孩子，她終於能放下心。

「詩詩，這樣好嗎？讓他一個人住在那裡，房間好小，鐵門冷冰冰……」丈夫後悔把小孩送走，不喜歡精神療養院的氛圍。

「相信我，你這麼做很棒，這才是眞的爲他好。」

之後一連數日，總是一覺到天亮的丈夫翻來覆去，無法入眠。

「姊，我夢到小孩在哭……」

她輕拍丈夫的背，或許她太低估男人對那孩子的感情，可是能怎麼辦呢，已經來不及了。

在她煩心處理家務事的同時，案子有了新進展。

「老大，找到接走延世相的人了，是個警察。」

她心頭咯登一聲，和延世相有私交的警察她就認識一個。對照爆炸案那天，吳韜光清晨才回到家，手腳都是燒燙傷，她卻沒有懷疑。

還是她不想懷疑，因為插手到南洋的「家務事」，只有封口唯一選項。

「那個警察是孤子，沒有太大阻礙，太子已經命令重家著手處理。」

「處理？」

她聽見敲門聲，以為是丈夫折返回家，擱下電話去應門，要叫吳韜光短期內不要再出門，她會帶他到外地避風頭。

但當她打開門，是個哭泣的小孩，一見到她就抱住她裙腿。

「師母……」

「怎麼……會這樣？」她看男孩身上都是刀片，直接插在他皮肉上，傷口直滴血。

她叫那群人把男孩送走，療養院的實驗人員卻以為得了不用負責的玩具，惡意玩弄。

「痛、好痛……」

她把男孩抱進屋子，拿來醫藥箱，把他手臂的刀片挑出，傷口竟迅速癒合。

她腦中閃過什麼，只是沒能多想，家裡電話又響了起來。

「這裡是吳公館。」

「妳是吳韜光警官的妻子嗎？這裡是市立醫院，妳先生追捕犯人時發生嚴重車禍，請盡速過來……」

「你說什麼？我老公可是不死之身……」

「市立醫院，請盡速過來！」

她顫抖著放下話筒，電話又瞬間響起。

「我馬上過去……」

「老大，有急件要妳批示！」

她扶著額頭，極力控制情緒：「快說，我沒有時間！」

「長生計畫編號一〇〇一再次逃脫，請問如何處置？」

「處理掉！」她心神大亂，沒有注意到「再次」這個關鍵詞。

她帶著包就要往外衝，男孩卻追上來，抱住她小腿不放。

「我去醫院看韜光，你先待在家裡。」

「師母……」

「聽話，待在家裡！」她將小孩強塞回門內，反鎖上門，開車趕往醫院。

延詩詩趕到急診室時，所有穿著制服的人都在等她。她看見丈夫躺在病床上，整張床都是血。

她明知附近有組織的人在監視，仍是控制不了自己，像個瘋子奔向血床。

「韜光、韜光！」延詩詩只能像她最痛恨的弱女子，一股腦地流淚。

吳韜光聽見妻子的聲音，從昏迷中清醒過來。

「妳不要哭……我不會死……他還在等我……去接他……」

「老公，不可以，你不可以丟下我！」她半跪在床邊哭鬧，給人看盡笑話。

「姊，我還是覺得……不該把他送走……他一直喊：師父、師父……聲音就像畜牲被宰殺前的哀嚎……妳還有家可以回，肚子的寶寶也有媽媽……但他……只剩下我了……」

吳韜光半閉上眼，撫著妻子的手垂落下來。醫護人員趕到，將他推向手術室。

直到這一刻，延詩詩才發現，她不能失去這個男人。就算她怎麼嚴守情愛，十多年來的朝夕相處，她還是把心給了出去。

要是缺了這半邊，要她怎麼活下去？

她聯絡上袁思雅，希望他不計前嫌，幫她一個忙。

不管醫生說什麼希望渺茫、心理準備，現在她只想回到家，好好睡一覺。

她在路上想起家裡的男孩，太好了，家裡還有人在，她不是一個人。

但當她打開家門，迎接她的卻是滿屋子血腥。

「救我……」

她略過玄關的屍首、踩過廊道上的血跡，來到發聲源頭所在。一把槍抵住男孩的臉，然而男孩手中的水果刀早一步插入槍手的咽喉。

她認出槍手的身分，竟然是組織的人，為什麼會在這裡？

她的臆測脫口而出：「長生編號一○○一？」

男孩殺得血紅的眼望向她，沙啞應答：「有……」

她在那孩子眼中看見一股深沉的恨意。他都那麼哀求她了，他也只能依靠她了，她卻還是親口下達殺令。

不是的，這並不是她的本意。她突然感到腹部一陣抽痛，血絲從腿間流下。

「寶寶……」

男孩拿著染血的刀，搖晃著往她走來。她腦中一片混亂，只能依從保護骨肉的母性，奪刀掐緊男孩的脖頸。

「別靠近我，你這個瘋子！」

男孩在她手下痛苦咳嗽，仍是掙扎著朝她伸出沾滿鮮血的雙手。

「師母……媽媽……」

「住口、住口！誰是你媽媽！」

那兩個字似乎有魔咒，讓她無法使出全力。男孩從她手中掙出，抽搐般喘息著，呼吸像是輪胎的漏氣聲。

她才注意到男孩胸前的槍孔，血口湧出鮮紅的血液，約莫撐不了多少時候。

「不要弄髒我的家，出去，滾出去！」

男孩乞討不到一絲憐惜，像狗沿著廊道爬行而出。她跌坐在廊底，目送他離開家門。

爲什麼直到最後，還是那麼乖巧聽話？

不知道過了多久，她從惡夢中醒來，黑衣和白袍的男子站在她身邊。

「孩子呢？」

她說：「死了。」

皚睜大一雙明眸，闔吹了聲口哨。

「公主殿下，說謊也需要證據吶！」

「住口，我沒有孩子……」她因爲血崩而昏厥過去。

她作了一個夢，夢中見到年輕的丈夫，眼中只有她一個人，謝謝她爲他生了孩子，孩子就像母親，那麼漂亮而聰慧。

好幸福，只可惜她沒有孩子。

五年後，殺手遞來文件，宣稱有東西違逆了物理法則，無中生有。

「小夜十六歲，他比小夜大半年，十七歲。十七年前，妳有過一次人工流產手術。韜光親親眞可憐，都不知道妳把引產的胎兒送去實驗室任人宰割。」

「我是要中心銷毀，並沒有申請試驗。」

殺手用一種介於憎惡和憐憫的眼神看著她。

「中心可是小皚管的。他那個人啊，如果小孩子有機會能救活，他怎麼捨得不救？」

她吞了下唾沫，忍不住去想那個可能性。

殺手又叨叨說著故事：「我爲什麼會搞混他和我兒子，因爲他們倆住隔壁，他才會什麼都知道。我拿槍問過小皚，他承認是他安排的。爲什麼要安排笨蛋和我聰明過人的兒子在一塊？就因爲那笨蛋比較特別。爲什麼特別？因爲都是他故人的孩子。」

「我不信你，你只是想報復我，把我一起拖下地獄。」

「小皚還說，五年前那次流產，妳可憐的子宮再也孕育不出生命。」

「叫袁思雅閉上嘴！」

「哈哈，戳到痛處了吧！」殺手的聲音在笑，眼中卻不帶一絲笑意。「所以思雅那個白痴才會抗命，不顧一切去救他，因爲妳就只剩那麼一個骨肉！我的孩子沒了，妳的卻活了下來，老天爺眞不公平！」

「不可能，怎麼可能剛好就是他……」

「本來對他來說，活下來是莫大的幸運，卻不幸碰上妳這個拋棄孩子的親生母親。」殺手沉下聲音，對於這場十多年的鬧劇，只能說自作孽不可活。「老大，要怪就怪妳太小看奪人性命的代價。」

她不想再聽殺手一字半句，踉蹌退回屋內，關上大門，隔絕外界的光。

昏暗中，她恍惚看見廊道深處，那孩子伸手向她求助。

——師母、媽媽……

她失衡摔倒在地，看著自己爲了大業染滿鮮血的雙手。

如果時間能重來，如果當初這雙手能抱緊他……

「啊啊啊！」

可是時間無法重來，只在記憶餘下慘痛的痕跡。

〈苦憶〉完

SEA VOICE古董店

——爲了你，我要與全世界爲敵。

連海聲與南洋密約，謀求吳以文一條生路。
他剪去長髮，恢復身分，以自己爲賭注，
委託林和家，將吳以文打造成豪門貴公子。
在人生最後一段時間，他要看著那孩子，
從無名棄子，榮耀成王。

2016冬·期待上市！

林綠作品

令天地不容、仙魔蠢動的積善之家悲…… **喜劇！**

TRAILOKYA

陰陽路 [全8冊]

PTT MARVEL版超人氣作品

御我、笭菁、護玄

三大暢銷作家｜共同推薦

積善之家，必有餘孽！！

這一家比墓仔埔還熱鬧！

林之萍有些糟糕嗜好，一是逛墓地，二是出門散步常會不分狀況撿回小動物，這次更直接從墓地撿了個渾身是傷的少年道士回家。
家裡已經有個凶惡賢慧的美少年大兒子（也是撿來的），一個附身在熊寶寶身上的囝仔魂，現在她還一心想讓少年拋開顧忌加入這個家庭，然後一家四口從此和樂融融過著幸福美滿的日子……
但她全然沒想到，兩個兒子一個招禍一個倒運，一個至陰一個極陽，再加上覬覦兩種極端天命的鬼妖與術者……一連串人神妖鬼交鋒下，這個家的未來，註定將充滿變數。

林綠作品

每個人生來都伴著一顆命星，在最晦暗不明的時刻，為我們指引前路……

STORIES BEHIND THE STARS

[全7冊]

陸家道士&星星的傳奇故事
天上人間，捨不去的千年奇緣！

靈異研究社，顧名思義，集合了一票膽大於天的少年少女，社長是一派天眞、憑著滿腔熱血做事的千金小姐，掛名副社長的是陸家風水師，實爲鎭社之寶，成員包括粉紅系男孩、命運多舛的甜美女孩、孔雀般的貴公子、性情直爽的毒舌學姊；對了，還有負責打雜兼作司機的校草，喪門。

喪門其實對另一個世界毫無興趣，偏偏命中帶點楣禍根子，家裡賣棺材、哥兒們是個道士、女友熱中於靈異之事，迫於人情加入靈研社，竟捲入一連串不可思議的事件——

兜售長生之術的展會、大有古怪的校園尋人案、暗藏凶兆的白事，三起事件，竟有微妙的重疊……

友情的背後，更幽遠的羈絆，正牽引著少年少女的未來……

國家圖書館出版品預行編目資料

Sea voice 古董店.卷六 / 林綠 著.
——初版. ——台北市：魔豆文化出版：蓋亞文化發行，2016.10
面； 公分.（Fresh；FS119）
ISBN 978-986-5987-97-8（平裝）
857.7 105011963

SEA VOICE 古董店 卷六

作者 / 林綠
插畫 / MO子　封面設計 / 克里斯
出版社 / 魔豆文化有限公司
地址◎ 台北市103赤峰街41巷7號1樓
電話◎（02）25585438　傳眞◎（02）25585439
部落格◎ gaeabooks.pixnet.net/blog
臉書◎ www.facebook.com/Gaeabooks
電子信箱◎ gaea@gaeabooks.com.tw
投稿信箱◎ editor@gaeabooks.com.tw
郵撥帳號◎ 19769541　戶名：蓋亞文化有限公司
發行 / 蓋亞文化有限公司
法律顧問 / 宇達經貿法律事務所
總經銷 / 聯合發行股份有限公司
地址◎ 新北市新店區寶橋路二三五巷六弄六號二樓
電話◎（02）29178022　傳眞◎（02）29156275
港澳地區 / 一代匯集
地址◎ 九龍旺角塘尾道64號龍駒企業大廈10樓B&D室
電話◎（852）2783-8102　傳眞◎（852）2396-0050
初版一刷 / 2016年 10月
定價 / 新台幣 220 元
Printed in Taiwan

ISBN / 978-986-5987-97-8

FS119

SEA VOICE 古董店 卷六

魔豆文化　讀者迴響

感謝您在茫茫書海中選擇了魔豆，您的支持是我們最大的動力。
不要缺席喔，讓我們一起乘著夢想的羽翼，穿越時空遨遊天地！

讀者迴響
姓名：　　性別：□男□女　出生日期：　年　月　日
聯絡電話：　　手機：
學歷：□小學□國中□高中□大學□研究所　職業：
E-mail：　（請正確填寫）
通訊地址：□□□
本書購自：　縣市　書店　□網路書店
何處得知本書消息：□逛書店 □親友推薦 □DM廣告 □網路 □雜誌報導
是否購買過魔豆其他書籍：□是，書名：　□否，首次購買
購買本書的動機是：□封面很吸引人□書名取得很讚□喜歡作者□價格便宜□其他
是否參加過魔豆所舉辦的活動： □有，參加過　場　□無，因為
喜歡出版社製作什麼樣的贈品： □書卡□文具用品□衣服□作者簽名□海報□無所謂□其他：
您對本書的意見： ◎內容／□滿意□尚可□待改進　◎編輯／□滿意□尚可□待改進 ◎封面設計／□滿意□尚可□待改進　◎定價／□滿意□尚可□待改進
推薦好友，讓他們一起分享出版訊息，享有購書優惠 1.姓名：　e-mail： 2.姓名：　e-mail：
其他建議：

廣告回信　郵資免付
台北郵局登記證
台北廣字第675號

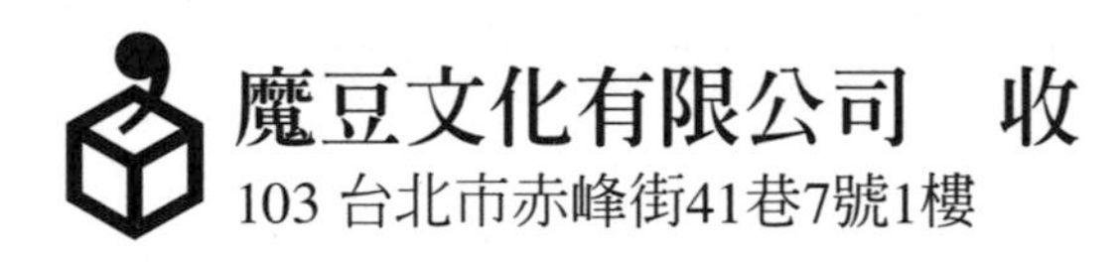

魔豆

魔豆